ENSAIOS | Káthia Gregório

ENSAIOS

Káthia Gregório

lura

Direção
Roger Conovalov

Gerente Editorial
Aline Assone Conovalov

Gerente Comercial
Eduardo Carvalho

Coordenador Editorial
André Barbosa

Coordenadora de Revisão
Stephanie C. Rodrigues

Revisão
Hanne Krempi

Diagramação
Lucas Melo

Capa
Xilogravura de Ciro Fernandes

Dados Internacionais de Catalogação na Publicação (CIP)
(Câmara Brasileira do Livro, SP, Brasil)

Gregório, Káthia
ENSAIOS / Káthia Gregório – São Caetano do Sul-SP: Lura Editorial, 2025.
144 p.; 14x21cm
ISBN: 978-65-5478-245-6
1. Romance. 2. Literatura brasileira. I. Gregório, Káthia. II. Título.

CDD: 869.93

Índice para catálogo sistemático
I. Romance : Literatura brasileira

[2025]
Lura Editorial
Alameda Terracota, 215, sala 905, Cerâmica
09531-190 – São Caetano do Sul - SP – Brasil
www.luraeditorial.com.br

ENSAIOS é dedicado à minha mãe,
Zenith Soares Gregório, e em eterna
memória de Antônio Gregório, meu pai.

Eu o dedico também às minhas irmãs Valéria Cristina e Rosângela, ao meu irmão Rogério e em eterna memória de meus irmãos Ronaldo e Ricardo.

Ao meu esposo, Mário, e à minha filha, Mariana Nakayama.

SUMÁRIO

PREFÁCIO

Conheci a narrativa de Káthia Gregório por meio de sua obra "O Miolo", e desde então percebi sua habilidade em construir histórias que mesclam profundidade, sensibilidade e um olhar atento sobre o mundo e as relações humanas. Sua escrita carrega um poder único de transformar experiências cotidianas em reflexões profundas, tornando cada texto uma porta de entrada para um universo de questionamentos e descobertas.

Nesta coletânea de ensaios, a autora mais uma vez nos presenteia com textos que transcendem o tempo e o espaço, abordando temas que ressoam com qualquer leitor. As reflexões aqui reunidas são um convite para pensar sobre a vida, as suas escolhas, os acasos e as consequências que moldam nossos caminhos. Cada ensaio traz consigo um pedaço da essência humana, apresentando nuances de alegria, tristeza, superação e autoconhecimento.

Com uma escrita fluida e instigante, Káthia não apenas compartilha experiências, mas provoca questionamentos, abre discussões e nos leva a enxergar o cotidiano sob novas perspectivas. A organização dos textos permite uma leitura envolvente, que instiga a continuidade e convida à revisitação de passagens marcantes. A riqueza por meio da narrativa e a profundidade das reflexões fazem com que cada página seja absorvida com atenção e entusiasmo, sempre deixando algo a ecoar na mente do leitor.

Ao longo das páginas, percebemos a força de sua voz, que equilibra a subjetividade da vivência pessoal com uma universalidade capaz de dialogar com qualquer um que se disponha a refletir sobre a própria existência. Seu olhar detalhado e empático nos permite enxergar além do óbvio, conduzindo-nos por caminhos que, muitas vezes, evitamos percorrer, mas que são essenciais para o nosso crescimento pessoal.

A literatura, quando bem conduzida, tem esse poder: transforma, inquieta e emociona. E é exatamente isso que encontramos aqui. Cada ensaio é um convite à introspecção, um lembrete de que somos feitos de histórias e que cada experiência, por menor que pareça, tem um impacto significativo em nossa trajetória.

Portanto, convido você a se entregar a essa leitura, permitindo que as palavras de Káthia toquem sua alma e despertem novas reflexões. Deixe-se levar pelas páginas, absorva cada pensamento e aproveite essa jornada literária que, certamente, deixará marcas.

Ter a oportunidade de escrever este prefácio foi uma honra, pois acredito que cada leitor encontrará aqui um pedaço de si, envolto nas palavras cuidadosamente tecidas pela autora.

Boa leitura!

Fernanda Camilo Prates

Criadora do Instagram @blog.modoliterario

Enquanto eu tiver perguntas e não houver resposta, continuarei a escrever.

Clarice Lispector

“ROSAS AO MAR!”

— Ah, não! Não quero fazer trabalho doméstico. Quero trabalhar fora, ter carteira assinada.

Sem o ensino de qualidade que garantiria seu ingresso em uma faculdade pública, Maria decidiu arrumar um emprego para fugir da proposta oferecida por sua mãe.

No dia anterior àquela tomada de decisão, procurou no jornal, na parte dos classificados, as ofertas de emprego de acordo com o seu grau de escolaridade e aptidão. Enquanto circulava os anúncios que poderiam lhe oferecer uma chance de contratação, procurava por suas documentações e certificados que comprovavam a veracidade de que o candidato estaria apto para o cargo anunciado.

Absorta, esquecendo o café no copo, deixou a casa, subiu os degraus da escada de acesso ao portão enferrujado com a roupa tomada emprestada, sem o consentimento da dona.

Confiante, desceu a rua da ladeira em direção à praça, onde tomou seu primeiro transporte até seu ponto final, perto da estação das barcas. Era um ‘perto ao mesmo tempo longe’.

Comprou o ticket, dirigiu-se à roleta de entrada que travou após a sirene, anunciando que a barca daquele momento já havia partido.

Após a liberação da roleta, Maria observou o distanciamento da barca em seu movimento de giro. A parte da proa, muito cobiçada pelas pessoas destemidas, que, aglutinadas, aguardavam o soltar das espias que atracavam a embarcação ao cais; espias que liberavam o acesso à proa que logo se enchia com passageiros sentados, espremidos uns aos outros, disputando um lugar ao sol.

E, assim, a travessia era feita com o frescor do vento em seus rostos, um ar renovador para enfrentar mais um dia de batalha, seja a procura por um trabalho, seja a permanência em um emprego, ao mesmo tempo em que apreciavam os pontos turísticos durante o trajeto da embarcação. E o Pão de Açúcar, um dos cartões-postais da Cidade Maravilhosa, destoava de todos.

Havia aqueles que subiam ao piso superior, em busca da sacada frontal — lugar de onde podiam observar do alto, não somente os passageiros sentados na proa, mas também desfrutar da mesma paisagem vista de outro ângulo.

Aqueles que perdiam uma vaga na proa e um espaço na sacada frontal tentavam a sorte nos bancos dispostos ao longo de ambos os lados da embarcação. Lugares onde os casais apaixonados, afastados do todo, podiam fazer juras de amor; lugares bem reservados, onde se declaravam com palavras, algo que já se havia brotado, ou, com o silêncio, se ainda estivesse na fase de semeação.

Os casais, com a pulsação latente e descontrolada, perdendo o controle de seus corpos, não oferecendo defesa, se rendiam diante daquela maravilhosa harmonia entre a paisagem, o som do movimento da embarcação no deslizar das águas, o balançar da barca tentando manter-se no compasso das ondas e a acaricia do vento em seus rostos. Capturavam a atmosfera de todo aquele cenário, uma obra-prima cujo título não caberia outro, senão, "Naquele Instante".

Aguardando a próxima saída, ignora a pequena aglutinação já formada em frente à corrente de isolamento. Seriam os próximos a se sentarem na proa? Secretamente, nutria aquele desejo. *Um dia quem sabe?* Resignada, bisbilhotou a banca de jornal.

O cheiro de livros e revistas, tão comum para Maria, que sempre cheirava os novos livros de cada novo ano escolar.

Outro cheiro que guardava em sua memória olfativa, o das frutas variadas, das antigas lanchonetes do centro, um convite obrigatório da calçada para dentro.

Olhou as novidades da banca, nada comprou. A corrente de acesso à embarcação havia sido liberada e, sem pressa, caminhou, tentando se equilibrar no balanço acentuado da rampa de madeira que unia a barca ao cais.

Preferiu o piso térreo, sentando-se em um dos assentos ao lado do corredor. Na cadeira ao lado, um jornal desmantelado, dobrado na parte dos esportes.

Foi um homem que leu esse jornal, prejulgou, baseada no assunto da leitura apresentada.

Ambulantes vendendo jornais, bilhetes de jogos de azar, balas, gente orando, cantando, mendigando, jogando truco...

Fechou os olhos e se concentrou no trajeto para os anúncios selecionados. Aproveitou o balançar da embarcação e se desejou boa sorte.

A barca atraca. Todos saem em disparada: os apressados, os atrasados, os sem pressa e os totalmente relaxados.

Pediu informação a fim de não perder tempo procurando o endereço do primeiro anúncio.

Era um vai e vem frenético de transeuntes, de cheiro de frutas, de camelôs, que davam significado e vida àquele centro com suas dualidades: do barulho ao silêncio, do povoado ao deserto, da segurança ao perigo, dos abrigados aos sem-teto.

A vaga da primeira oferta de trabalho já havia sido preenchida.

— Mas, como assim? — *Ainda nem são 9 horas da manhã!*, pensou.

Foi quando entendeu que, quanto mais cedo chegasse ao local, mais chances teria. Maria sempre pensou que Deus ajuda a quem cedo desperta para Ele, mas, nesse caso, venceu o dito popular — "Deus ajuda a quem cedo madruga."

Marcou um 'X' naquele anúncio e partiu para o próximo.

Preencheu os dados na ficha de cadastro e aguardou pelo teste de aptidão, que seria datilografar um texto, com o menor número de erros, em menos tempo.

Logo de cara, todos já sabiam quem ocuparia a vaga — ela — a moça cujo decote do vestido florido deixava à mostra parte de seus seios fartos que esbanjavam uma sensualidade natural, logo atiçaram o entrevistador e o aplicador do teste, bem como intimidaram os outros candidatos, que começaram seus testes já se sentindo derrotados.

Durante a dispersão, dúvidas acerca dos resultados verdadeiros pairaram no ar.

Cumpriu todos os compromissos daquele dia, compareceu a todos os anúncios circulados na página vinte e seis dos classificados de oferta de emprego.

Talvez tivesse mais sorte no dia seguinte.

Na volta, aceitou o convite do aroma das frutas de uma das lanchonetes, degustou um pastel de queijo acompanhado de caldo de cana-de-açúcar.

Amanhã será um novo dia, otimista, brindou consigo mesma.

No trajeto de volta, com menos pessoas na barca, candidatou-se a uma vaga na proa. A dificuldade e o medo quase a fizeram desistir, mas uma mão solidária a amparou.

Deliciou-se com o voo rasante de uma linda gaivota buscando alimento.

A degustação daquela sensação foi de dez minutos. O vento frio fez com que se retirasse.

Agradeceu a ajuda, deixou o espaço, rapidamente preenchido por outro, e entrou na embarcação, sentando-se em uma das cadeiras no térreo.

Teve a impressão de ter visto um grande buquê de rosas vermelhas passando pelo corredor ao seu lado. Eram tão lindas que atraíam todas as atenções, deixando quem quer que o estivesse carregando no completo anonimato.

O clima e a energia do trajeto da barca na volta, de longe, comparavam-se ao da ida.

A localização dos objetos auxiliares visíveis para salvamento, em caso de acidente, a maioria das cadeiras estavam vazias e sem pedintes naquele enorme salão.

Era possível sentir, com mais intensidade, o acompanhar do corpo durante o movimento de subida e descida da barca, agora mais leve, nas agitadas ondas da Baía.

De repente, um grito.

Todos correm para as janelas de madeira abertas.

Lá estavam elas, as rosas vermelhas que entraram na embarcação, separadas, flutuando nas ondas formadas pelo deslizar dela.

Murmurinhos... Ninguém sabia ao certo o que havia acontecido.

Alguns, aterrorizados, "Alguém se jogou no mar", bradavam sem ter visto ou não.

"Onde estaria sentado? Jogou-se das sacadas superiores?"

Ao final, a dúvida: será que alguém havia pulado de fato? Se sim, por qual motivo a embarcação não retornou para averiguar?

Os olhares permaneceram grudados nas rosas, que, após o desamarrar da fita que as prendia ao buquê, puderam ser vistas flutuando, separadamente, cada uma em uma direção, nas águas da Baía da Guanabara.

Sem qualquer certeza, os passageiros retornaram a seus lugares. Deveras, cada um com uma pergunta em mente.

E, largado na cadeira ao lado, um jornal, dobrado na parte do horóscopo diário.

Foi uma mulher que leu esse jornal, prejulgou, baseada no assunto da leitura da página em que o exemplar se encontrava dobrado.

Seria possível afirmar, com certeza, quem havia sido o último leitor de quaisquer daqueles jornais deixados na embarcação? Creio que não.

Não seria possível afirmar que alguém havia se jogado da barca, bem como não seria possível afirmar o sexo daquela pessoa que estaria carregando aquele buquê de rosas, como também não seria possível garantir que a oportunidade daquele emprego não havia sido dada por causa dos volumosos seios da moça, mas, sim, pelo seu excelente desempenho no teste de aptidão.

Maria tomou o jornal nas mãos, *"A semana será de grandes oportunidades"*, previa o horóscopo de seu signo.

— Não devo perder a esperança por dias melhores.

Fechou os olhos, suspirou, ainda não acreditando em seu potencial, tentou manter sua autoestima, se lembrando das rosas cor da paixão flutuando nas águas da Baía de Guanabara.

O TREINO

Numa manhã aparentemente tranquila, os vizinhos da comunidade 'Flor da Esperança' tiveram suas rotinas alteradas devido a um fato que deixou todos perplexos.

Valdenair — mais conhecida por todos como a filha da falecida Dona Jurema —, era moradora daquela comunidade desde, praticamente, o dia em que nascera e, naquele dia especificamente, em que comemoraria seu quadragésimo sexto aniversário, já deixara a sua residência com uma inexplicável vontade de voltar. Talvez porque fosse uma data especial, ou talvez porque não estivesse num de seus dias claros.

Sentindo o coração miúdo e estreito, já havia se decidido que, tão logo chegasse ao trabalho, alegaria não estar se sentindo muito bem e pediria à patroa que a ela concedesse aquele dia especial como sendo folga. Contudo, ela se comprometeria a compensá-lo durante um outro final de semana ou no próximo feriado nacional.

A bem da verdade é que aquele coração, há muito tempo, já andava mais que desconfiado de suas insurgentes palpitações não costumazes.

A pressa com que seu esposo se despedira dela naquela manhã — aparentando estar nem muito, nem menos carente como de costume

—, por um momento, a fez acreditar que ele iria preparar-lhe uma grande surpresa pelas suas quarenta e seis primaveras gozadas. Porém, a urgência esfuziante com que fora conduzida porta afora do seu próprio barraco, deixando-o bem mais cedo que de costume; e somada àquela súbita palpitação de última hora, ratificaram suas suposições sombrias de que ele a estaria traindo, possibilidade que julgava, até há pouco tempo, limitada.

Pensativa, tomou um dos caminhos de volta ao passado, recordando-se de um dia específico, quando vira seu marido pegando a direção contrária à do bar de um amigo, uma birosca onde ele sempre se fazia presente, principalmente após receber a pecúnia de um ou outro trabalho temporário. E foi a partir daquele dia que ela passou a vigiá-lo amiúde.

Já havia se passado duas horas desde que Valdenair deixara a sua moradia, indo em direção ao serviço. E foi quando Carlos, seu esposo — que passava mais tempo dentro de casa, ao invés de estar fazendo os bicos que sempre dizia fazer —, ainda sob efeito da bebida alcoólica, fora pego em flagrante com Lulu — a filha bastarda do vizinho do barraco de frente —, conforme o relato de sua esposa antes e depois de ter sido conduzida à delegacia.

— Eu sabia! Eu sabia que ele estava me traindo. Aquele cachorro! — aos berros, dizia, não dando chance ao delegado de polícia de se fazer ouvido; não mais que ela, e muito menos, que o tilintar de suas pulseiras, melodia que abarcava toda aquela cena dramática.

Os vizinhos — os poucos que ficavam o dia inteiro dentro daquela comunidade, e os quais já conheciam as constantes brigas daquele casal —, permaneceram mais silenciosos que de costume dentro de seus barracos, fazendo a velha política da boa vizinhança: "em briga de marido e mulher ninguém mete a colher".

O que ninguém sabia, ou sabia, e fazia de conta não saber era que, naquele dia não atípico, dentro daquele combinado de cimento, madeira e zinco, Carlos, na ausência da esposa, não se encontrava sozinho. Ele estava muito bem acompanhado de alguém, nada mais e nada menos que Lulu, além de jovem, tinha uma beleza incomum que abrangia todo o seu território tortuoso.

Aquela doce criatura adorava quando era indagada acerca de seus segredos para manter aquela invejável silhueta... e, por repetidas vezes, fazia questão de reiterar que não fazia absolutamente nada: — O que posso fazer se a natureza me privilegiou com muitos atributos? — respondia, enquanto movimentava seu corpo sinuoso, rastejante, ao mesmo tempo em que jogava, de um lado para o outro, parte da cabeleira que já teve seus dias de ouro e que, quando sem dinheiro estava, sempre às voltas ao tom natural retornava.

Provocadora, enquanto falava e gesticulava, mantinha sua cabeça levemente inclinada, facilitando o escorrer do veneno, ao mesmo tempo em que levava o dedo indicador à boca, de maneira inocente, indecente ou provocante, fazendo de conta que limpava o excesso do batom que ora dava vida ao seu sorriso, ora fugia-lhe à boca.

Lulu já havia perdido as contas de quantos conflitos já tinha criado pelo seu jeito de ser, pelo corpo que tinha e pela vida que levava.

Inocente ou burro era o homem que se deixava enfeitiçar por ela... Figurinha bastante conhecida na praça, principalmente entre seus eternos cobiçadores que a apelidaram de chave de cadeia, alcunha na qual o falso medo ainda prevalecia sobre a falsa sensatez.

De fato, para todos os seus conhecidos, sem exceção, Lulu sempre foi vista, desde muito novinha, como uma criatura descolada, tendo sido apresentada à vida por falsas amigas, aquelas más influências, conforme sua mãe costumava dizer, mas que sempre defendia a filha alegando ser coisa de jovem rebelde.

Valdenair ao delegado alegou que há muito tempo já andava desconfiada das traições de seu marido e que, excepcionalmente, naquele dia, tomara a decisão de ficar à espreita para pegar, finalmente, o casalzinho com a boca na botija. Esta sua última declaração contradisse o seu depoimento inicial, quando alegara ter retornado à casa mais cedo, porque não estava se sentindo bem. Relato que acabou configurando uma intenção premeditada.

Segundo o seu depoimento, ela ainda disse que entrara sorrateiramente no interior do barraco pela porta da cozinha, que sempre permanecia ligeiramente encostada devido à incompatibilidade de seu tamanho com o portal. E que, sem pensar, tomou nas mãos a primeira coisa que encontrou à sua frente.

A música — nem alta, nem baixa, nem aguda, nem grave, porém uniforme e sensual o bastante para não despertar a atenção dos vizinhos e deles, o sono —, acabou corroborando para a sua plácida entrada, caminhando pé ante pé, em direção à cor, que é alerta para o perigo, ao mesmo tempo em que também estimula o apetite.

Valdenair não precisou dar mais que cinco passos para chegar ao espaço intitulado sala, interrompendo a dança sensual da doce Lulu que, durante a sua performance, mantinha Carlos, nela, completamente hipnotizado. E ele, com os olhos vidrados na moça, entre um gole e outro da mais barata de todas as cachaças, batia palmas, pedindo: — "Bis! Bis!" — o tão corriqueiro chorinho. Aquele inocente pedido, embora solicitado com bastante euforia, conseguia ser mais eficiente que suas palmas desencontradas.

Na delegacia, constava no depoimento da jovem que ela estaria apenas ensaiando uma nova coreografia e que desejava a opinião de um verdadeiro amigo, pois queria atrair um público de patamar mais elevado.

— A gente não ia fazer nada não, seu delegado. Ele sempre me vê dançar. Eu nem tenho atração por ele. E mesmo porque ele nem teria dinheiro para me pagar.

Ao presenciar o entusiasmo do marido, há muito tempo adormecido, Valdenair, feito um cão raivoso, encerrou aquele ensaio sensual, ainda no calor de todas as emoções, partindo para cima do casalzinho com o objeto conseguido na cozinha.

Carlos, assustado com a ira da mulher, com voz de sonolência, tentava esclarecer aquela situação dizendo que não era nada daquilo que ela estava pensando. Quando a esposa iniciou o movimento de descida do braço, em cuja mão segurava firmemente uma grande e afiada faca, usada nos raros churrascos que faziam, agiu.

Percebendo que aquele objeto cortante atingiria Lulu, Carlos, apesar de sua lentidão apresentando um extinto de pai protetor, empurrou bruscamente para o lado a jovem que, catando cavaco, conseguiu deixar, às pressas, o barraco; somente com a lingerie barata que mal lhe cobria as partes íntimas: vergonhosas para alguns, pecaminosas para muitos e perseguidas pela maioria.

Àquela altura do campeonato, no auge do calor dos acontecimentos, aqueles vizinhos do ditado popular "Em briga entre marido e mulher, ninguém mete a colher" já estavam todos do lado de fora à espera da polícia que já havia sido acionada.

Quando os policiais finalmente chegaram, encontraram Carlos sentado no ressalto da entrada do barraco de um vizinho, com uma faca fincada no peito, uma garrafa de cachaça pela metade e feliz da vida.

— Ela tem ciúmes de mim. Ela tem ciúmes de mim, dizia ele, com um sorriso parcialmente desfalcado, enquanto Valdenair era convidada a entrar na viatura policial sob quase inaudíveis "Recalcada. Recalcada".

ESCOLHAS

João, um jovem com tanto potencial, nem menos nem mais que muitos outros de sua idade, vivia sempre à volta com um novo emprego. Não me recordo exatamente em que ano essa história se tornou conhecida. Entretanto, se bem me lembro, foi por causa dele, o protagonista, que ela chegou a dividir a opinião pública.

Ainda que nenhuma das empresas anteriores tivesse anotado em sua carteira de trabalho algo negativo a respeito de sua conduta profissional, dificultando-o de conseguir uma nova ocupação no futuro, João sempre alegava ter sido assaltado numa das ruas do centro do Rio de Janeiro, após dar sumiço, ele mesmo, daquele documento. Sempre de posse de um novo, em cada nova entrevista, omitia aquela amarga pregressa ocupação, alegando não possuir experiência alguma. E, aos pais, quando indagado, simplesmente dizia que havia sido assaltado em uma das ruas do centro da cidade.

E assim ele seguia com sua vida, raramente parando por muito tempo numa mesma empresa. Mas, com o passar do tempo, tornou-se cada vez mais difícil, inclusive, conseguir uma vaga de emprego; e as suas justificativas pelo seu fracasso nas diversas tentativas eram as mais variadas possíveis e habituais. Quando não alegava ter sido injustiçado em algumas das etapas dos processos seletivos, dizia não possuir sorte mesmo.

Outrossim, criticava aquelas mesmas seleções, dizendo que elas serviam, tão somente, para cumprir um protocolo, porque, na maioria das vezes, aquela vaga, a seu ver, já estaria reservada a um candidato específico, ou conhecido, ou apadrinhado, ou indicado por alguém.

E todos, sem exceção, não somente seus pais, como também os poucos conhecidos amigos que tinha, bem como seu único irmão, viam naquelas justificativas infundadas um pretexto para que ele se trancasse em seu quarto e se entregasse à depressão por períodos que pareciam intermináveis.

Mas João, ferrenho e muito, muito rancoroso, costumava culpar seus pais por todo o seu infortúnio; veementemente alegava que todas as atenções e os incentivos eram direcionados somente a Fabiano, seu irmão mais novo, enquanto ele era sempre posto de lado.

Quando se dizia ser burro, ao alegar ter muitas dificuldades para entender as explicações dos professores, não era para chamar a atenção, mas, sim, para expor, talvez, uma deficiência de aprendizagem que ele pudesse ter, e que persistia praticamente em todas as disciplinas, sem exceção.

Enquanto Fabiano se destacava, aparentemente com boas chances de ter um futuro promissor, ainda que, por ser autodidata, não precisando, pois, de ajuda; ele, entretanto, recebia todas as atenções possíveis, enquanto João, aos olhos daqueles que o observavam à distância, era taxado como um rebelde incorrigível. E, culpado por sua própria desgraça, ele assim jamais se consideraria.

Porém, não perdia a chance de cutucar e apontar os pais como responsáveis, não somente por não saberem dividir o amor e a atenção com ambos os filhos, mas também os culpando por ele não ter as mesmas oportunidades que o irmão mais novo tinha, a seu modo de pensar.

Ao contrário de Fabiano, ninguém conseguia enxergar um futuro promissor para João; nem mesmo ele próprio.

Contudo, o que João não enxergava era que o irmão mais novo não perdia tempo com besteiras, muito pelo contrário, estudava com determinação e afinco, porque tinha como objetivo pessoal conseguir um bom emprego no futuro, conquistando assim, não somente sua liberdade, como também a tão sonhada independência financeira.

Enquanto isso, ele seguia acusando a todos os professores pela perseguição que sofria em sala de aula e apontava a falta de paciência dispensada a ele, como sendo a principal inimiga de seu aprendizado, principalmente nas ocasiões em que alegava não conseguir reter as informações com a mesma facilidade que seus colegas de turma.

A impaciência dos professores era de fato evidente. Era impossível avançar em qualquer assunto, porque a linha de raciocínio era interrompida a quase todo o momento, retornando sempre ao início da explicação, a fim de que João conseguisse assimilar o assunto em questão. E aquilo deixava os outros alunos bastante desmotivados e insatisfeitos; e, de tempos em tempos, gerava reclamações na secretaria daquela instituição, por parte dos pais que não viam o progresso dos filhos nos estudos. O ano terminava, e o livro escolar, sempre inconcluído.

Enquanto Fabiano avançava com méritos, seu irmão, com notas regulares — as mínimas exigidas para aprovação —, aos trancos e barrancos, conseguia passar para o ano letivo seguinte. E esse feito era conseguido com a ajuda de alguns poucos colegas de turma, que ainda se mostravam solícitos e empáticos com as dificuldades que ele tinha.

Ainda que aos tropeços, João concluiu finalmente o ensino médio, mas ao tentar ingressar em uma universidade, percebeu que na ponte que o ligava àquela instituição, além da madeira podre, faltavam partes que o impediam de atravessá-la.

E Fabiano, o jovem promissor, já estava muito bem encaminhado, como diziam seus pais; os quais, somente a partir daquela certeza, é que perceberam que precisavam voltar suas atenções para o filho mais velho, agora o motivo de todas as suas preocupações.

Talvez a culpa fosse deles mesmos pela incapacidade na arte de educar dois indivíduos completamente diferentes, tanto no jeito de ser, como na maneira de se comportar frente às dificuldades e às oportunidades da vida. Isso porque elas surgem para todos, de tempos em tempos.

Após várias tentativas de ingressar em uma universidade, João acabou desistindo e entrou no mercado de trabalho. Ele, por não possuir o nível superior, ocupava sempre cargos insignificantes, *de baixo escalão*, como costumava dizer; aqueles que jamais o possibilitariam de alcançar a posição mais alta na hierarquia de uma empresa. Porém, quando surgia uma oportunidade, por mais singela que fosse, ainda que uma promoção horizontal, ele sempre reclamava dos obstáculos.

E quando isso acontecia, ao chegar à casa, infernizava a todos, dizendo que, como se não bastassem as dificuldades enfrentadas no passado, durante os períodos escolares, agora teria que as enfrentar também no ambiente organizacional. Dizia que os colegas eram invejosos, despeitados, e que sofria perseguições.

E assim João mudava de emprego como quem muda de roupa. A cada nova oportunidade dada a ele era uma bênção para seus pais que o incentivavam a fazer cursos de especialização em diferentes áreas, bem como os técnicos profissionalizantes, que serviriam como um diferencial para o filho, quando surgisse uma oportunidade de promoção, ainda que não fosse vertical.

Até que ele passou a ouvir os conselhos dos pais. Talvez porque ele, agora, recebia as atenções da casa. Então foi fazendo um curso aqui, outro ali, foi ganhando autoconfiança, e percebeu que conseguia, sim, aprender as coisas.

Das entrevistas, quando reprovado, já não voltava mais para casa tão irritado, com sentimentos ruins e cheio de opiniões vazias e negativas, mas, ainda assim, era percebida nele uma inquietação, ainda que contida.

E não demorou muito para que ele estivesse de volta àquela velha alternância: ora empregado, ora desempregado. Voltou a se considerar um burro, voltou a ser assaltado, voltaram as antigas perseguições, voltaram as acusações, bem como as críticas, assim como as lamentações.

Os incentivos dos pais para que ele retornasse aos estudos foram diminuindo à medida que aumentavam as acusações contra eles, os culpados pelo fracasso do filho.

E o que parecia impossível, aconteceu. Pela primeira vez, ele conseguiu ficar mais de um ano numa mesma empresa. Comemorou com os pais e se deu de presente um computador, sua primeira compra significativa, fruto de seu esforço e com recurso financeiro próprio.

Criou seus perfis nas redes sociais, não demorando muito para que antigos amigos e conhecidos o encontrassem e solicitassem sua amizade virtual.

Pela primeira vez na vida, sentia-se realizado.

Quando finalmente se considerava livre das perseguições, começaram a aparecer fotos suas nas redes sociais: fotografias do tempo de colegial, nos antigos ambientes organizacionais onde já havia trabalhado, ao lado de amigos de infância e, para seu espanto, até mesmo em seu trabalho atual.

Eram imagens que ele desconhecia existirem. Entretanto, não foram as fotos postadas na internet que reavivaram suas queixas e lhe devolveram a sensação de perseguição, mas, sim, o teor das conversas, bem como os comentários de todos naquelas infelizes postagens.

E a felicidade, que mal entrara em sua vida, saiu sem sequer se despedir.

João bisbilhotou a vida de cada um de seus, agora, inimigos e fez anotações pertinentes sobre eles. Decidiu que nada comentaria com seus pais. Como explicaria a eles o que seria uma perseguição virtual? Entretanto, decidiu que consultaria um advogado.

Numa bela e prometida segunda-feira de muito sol, João acordou assustadoramente deprimido. Algo dizia para que não fosse ao trabalho naquele dia.

Ainda que o despertador tivesse sido desabilitado, ele se levantou da cama no horário de sempre, tomou seu banho demorado, fez o desjejum, despediu-se dos pais e deixou a residência em direção ao ponto de ônibus, ainda sem saber o que faria.

João percebeu que ficara estagnado numa mesma coisa durante muito tempo, e que já não mais o agradava. Talvez já estivesse na hora de buscar outra ocupação e aproveitaria o tempo de experiência naquele emprego, agora registrado naquela única carteira de trabalho que fez questão de mantê-la. Já estava, por demais, saturado daquela máquina copiadora.

Porém, os dias se passaram tão rápido, que ele não se deu conta do tempo em que permaneceu inerte. Agora, sem forças para correr atrás de qualquer outra nova mudança se encontrava.

Com passos não mais apressados, João caminha até o ponto de ônibus, carregando uma antiga e já desbotada bolsa a tiracolo. Ele estava diferente daquela vez; sua aparência, de longe, remetia a alguém em busca de um novo emprego.

Assim que subiu na condução, sentou-se ao lado de uma das janelas, na segunda fileira de assentos, atrás do motorista; de onde observava a paisagem externa, constatando que muita coisa havia mudado, e somente agora percebera.

Recostou sua cabeça no vidro e fez uma retrospectiva de sua vida, tentando encontrar motivos e forças para mais um recomeço.

A primeira lembrança que veio à sua mente foi a briga que tivera com seus pais.

— Você quer liberdade? Conquiste-a! Estude, arranje um emprego e ganhe seu dinheiro! Aí, sim, conquistará a sua liberdade — diziam seus pais.

De qualquer sorte, ele conquistou sua liberdade.

"Antes tarde do que nunca" — pensou consigo mesmo, com um sorriso de canto de boca, ao mesmo tempo em que observava curiosamente a subida de todos os passageiros naquela condução.

Depois, ele começou a enumerar o que considerava os erros cometidos no decorrer de sua vida.

Lembrou-se do tempo de colégio, quando pedia para que os professores repetissem a explicação, sempre alegando que não tinha entendido a questão, mas era pelo puro prazer de irritar.

Toda ajuda que recebia dos colegas, seja pela inclusão de seu nome em trabalhos de grupo solicitados pelos professores, seja através de colas durante as provas para que ele conseguisse alcançar a média para passar de ano escolar, tudo era conseguido sob coação, principalmente quando ele ameaçava contar algo considerado sigiloso que havia descoberto sobre alguém.

E, sempre que era demitido, ele jogava a antiga carteira de trabalho fora, com medo de que as informações negativas atrapalhassem um novo processo seletivo. Sempre ocultando dos pais, ao mentir que havia sido furtado.

Já era tarde.

Ao ficar ruminando dentro de si tantas lembranças negativas, João acabou pegando no sono.

Quando aquela condução chegou ao seu ponto final, o motorista teve dificuldades em acordar aquele passageiro que aparentava estar extremamente cansado e acabou imputando ao fiscal aquela responsabilidade, antes que o ônibus recomeçasse seu trajeto.

João, naquela noite, foi a manchete que se repetiu em todos os noticiários de todos os canais de televisão.

"Um ex-presidiário, acusado de assassinar um colega de infância e dois amigos com os quais já trabalhara, morreu no dia de hoje, aos 63 anos de idade, vítima de um infarte fulminante, ainda dentro da condução que o levaria de volta ao bairro em que morava, após cumprir a pena máxima aplicada aos crimes de homicídio doloso cometidos".

PROSA DE SALÃO

— Ai! — soltou um gemido de dor a cliente dos cabelos embrulhados em pequenos pedaços de papel-alumínio, que, num reflexo involuntário, recolhera rapidamente seu braço, livrando a mão das garras e a salvando do alicate da manicure. Esta, bastante compenetrada, não em seu ofício, porém nas conversas das clientes ao seu redor.

Olhos curiosos prescrutaram o ambiente. Tentavam localizar de onde viera aquele grito angustiante que obtivera o feito de emudecer todo o salão.

A novata, coitada!... ainda insegura naquela atividade, ao mesmo tempo em que pedia desculpas, dentro de seu estojo de ferramentas essenciais para o exercício daquela profissão, iniciava a sua procura pelo produtinho que, em acidentes daquela natureza, diziam ser milagroso.

Ela, sem se levantar, puxou a pequena gaveta, localizada abaixo do assento do banco onde se encontrava sentada, e empurrou vidros de esmaltes para cá, outros para lá, e, junto ao rolar daqueles frascos coloridos, entre pequenos chumaços de algodão — ainda não utilizados —, entre paus de laranjeiras (todos, sem exceção, ainda mantinham alguns vestígios de usos anteriores), entre cortadores de unha, entre lixas, entre revistas para revenda de artigos de beleza... finalmente!... encontrara o que procurava.

Ao voltar-se para a cliente, ela se desesperou ao ver que o ferimento continuava jorrando sangue, ainda que ele pressionado fora, logo de imediato. A madame, empática, ainda que estivesse preocupada e, apesar do seu queixume inicial: "*não se preocupe, está tudo bem!...*", disse, tentando acalmá-la, ao perceber o nervosismo daquela jovem profissional.

Ainda com os olhos arregalados, às pressas, a manicure abriu aquele pequeno frasco miraculoso e, com uma pequena espátula, retirou parte do pó hemostático, colocando-o sobre o ferimento da cliente, a fim de estancar aquela nascente vermelha. Uma vez resolvido o problema, a cliente voltou a oferecer as mãos para a continuidade do serviço, e tudo retornou ao normal de antes: os secadores a todo vapor, o forte cheiro dos produtos de alisamento que impregnavam o ambiente, o entra e sai de clientes, a moça varrendo as mexas de cabelos espalhadas pelo chão, o aroma adocicado do spray fixador de penteado, o cheiro do removedor de esmalte, todas as conversas: as diretas, as paralelas e as cruzadas; e ah!... o cheiro do café.... Somente ele conseguia se sobrepor a todo o resto.

— Eu?! Eu não largo meu trabalho por nada! Eu, hein?! Imagine se vou ficar dependendo de marido... Olha bem para minha cara e me diga se eu sou do tipo de mulher que fica mendigando coisas ou que tem que ficar prestando contas do que gastou, onde gastou e por que gastou! — disse uma ajudante de salão que, enquanto enxaguava os cabelos de uma cliente, agraciava-a com uma delicada massagem no couro cabeludo.

— Gente!... eu nem me lembrava mais dessa novela... Viviane, você se recorda do final dela? — inocentemente perguntou a novata à colega ao lado, que, notoriamente chateada estava com a noviça, a qual colocara em risco a reputação profissional de todas daquele salão.

Viviane sequer se deu ao trabalho de respondê-la e voltou sua atenção para sua cliente, elegantíssima num belo vestido vermelho:

— A senhora vai querer sua unha redonda ou quadrada? Já escolheu a cor?

Nesse interim, ouve-se o sensor de presença sonoro que alertou a recepcionista da entrada de uma nova cliente naquele recinto. Concomitantemente à abertura da porta, uma intensa rajada de vento adentrara o salão.

Pega de surpresa: — Nossa!... não estava prevista uma mudança de tempo para hoje!... — disse a belíssima atendente de recepção, impecavelmente maquilada, penteada e com unhas maravilhosamente pintadas. Em seguida, tomou o pequeno microfone sobre o balcão da recepção.

"Cláudia, sua cliente das dezessete horas chegou!" — anunciou, vestindo, rapidamente, um velho e surrado casaquinho de guerra, tornando a reiterar o aviso à manicure: — "Cláudia, sua cliente a aguarda na recepção!"

Enquanto dava as boas-vindas àquela freguesa, com a mão esquerda, ela a direcionou a uma poltrona, na qual confortavelmente poderia aguardar; e, com a direita, devolvia o cartão de crédito da outra que deixava o estabelecimento.

— Obrigada, volte sempre!

Uma ventania inesperada invadiu o espaço, tão logo a porta fora aberta novamente. A recepcionista — prevenindo-se de um resfriado oportunista — apressou-se para casar os botões do casaco. O telefone tocou e ela rapidamente o atendeu. Não teve tempo de prestar atenção a quem rapidamente entrara, porque mantinha a cabeça baixa, verificando os horários de todos os profissionais, naquela agenda do salão.

A pessoa que entrou, após uma pronta olhada em torno, rapidamente encontrou quem procurava e, sorrindo, acenou freneticamente, ao ver aquela velha amiga que naquele dia se fizera presente, conforme o combinado entre as duas.

— Dessa vez, cheguei logo após você... De quem é a vez, afinal?

— Ah... não importa!... deixe que eu faço! Não temos muito tempo, mesmo! A próxima cliente chegará daqui a pouco.

Todas as profissionais que ali trabalhavam tinham um acordo: sempre ao final do expediente, ou quando não havia clientes com agendamento para algum horário específico, beneficiavam-se dos trabalhos uma das outras: cortavam os cabelos, pintavam-nos, cuidavam das unhas... e, assim, as próprias funcionárias eram o cartão de visita daquele espaço de beleza.

Impaciente, Cláudia, após recepcionar sua cliente, nem lhe deu tempo para que esta se ajeitasse no assento, bem como acomodasse melhor suas sacolas de compras: "— Vai querer quadrada ou redonda?" — perguntou secamente.

— Essa aqui quebrou e precisei cortá-la bem rente... — lastimou-se a jovem senhora, apontando para uma das unhas. — O que você conseguir fazer... o que for melhor... Tanto faz — complementou ao perceber a indiferença daquela manicure.

Enquanto isso, a novata, apesar de ainda temerosa, deu continuidade ao serviço, ainda mantendo seus ouvidos atentos às conversas. Não demorou muito e...

— Ai! — lamuriou-se novamente a cliente.

— Café? Água? — economizando palavras, perguntava a simpática copeira do salão.

Entre uma conversa aqui e outra ali; entre uma e outra propaganda na televisão; entre um e outro burburinho; entre uma fofoca lá e outra cá; entra cliente e sai cliente; entre um *'bife'* e outros *'bifes'*... a velha manicure — não de idade, mas de tempo de casa —, aguardava a escolha da cor do esmalte a ser usado pela sua cliente do vestido de seda vermelho, que, ainda em dúvida, somente aceitou o cafezinho para ganhar mais tempo para se decidir.

— Na nossa época, a gente não tirava *'bife'* das clientes — cochichou.

— Ah... para com isso!... mesmo, você... até dominar o alicate..., já muito me magoou os dedos. Agora já estou até acostumada. Já nem ligo! — disse, encolhendo os ombros repetidas vezes — E digo mais, hein!..., já nem sinto mais dor, tampouco!

Ambas gargalharam.

— Olha lá! Você viu o café... como ele é servido agora?

— No nosso tempo, era naquela xícara plástica, ou melhor, era um suporte que recebia aquele minifiltro de papel, em formato de cone... Lembra? Depois ele era descartado e o suporte reutilizado.

— É... são os novos tempos!

— Depois vieram as xícaras plásticas descartáveis..., lembra?

— Lembro-me como se fosse ontem! Agora elas são de porcelana, amiga!

— Querida! Porcelana barata. Já as vi, iguaizinhas, lá no Mercadão de Madureira.

— Comprou?

— Não, né!

Sem medo de serem ouvidas, caíram na gargalhada.

— Mas o aroma do café deveria continuar o mesmo... — disse uma delas, fechando os olhos, tentando sorver daquele aroma viciante; um pouco que fosse.

— Pois, é.... acho que os fortes produtos de alisamento de hoje nos fizeram perder o olfato.

Tornaram a rir.

— Até hoje me pergunto como conseguiam deixar o sabor em cima do muro: nem doce nem amargo.

O intervalo para aquele sagrado cafezinho era uma pausa na busca pelo liso perfeito, era o cessar do som dos secadores, era uma trégua dos '*bifes*' acidentais, era a interrupção da prosa de alguns, mas não a pausa dos pensamentos alheios.

Entre um gole e outro, a cliente do vestido da cor de sangue continuava em dúvida em relação à cor do esmalte desejado; a cliente do 'tanto faz', enquanto tinha as unhas dos pés sendo pintadas, folheava uma velha revista de moda. A do papelote de alumínio — que agora arrependida se encontrava —, caso retornasse ali, e caso fosse perguntada se teria alguma profissional de preferência: — "Sim. Tenho preferência por alguém que não me coma os dedos" — talvez respondesse.

Entre saudosas lembranças: — Rápido, rápido!... Agora, vamos para os pés! — disse a amiga, solicitando a outra que colocasse o primeiro sobre seus gastos joelhos.

Mal apoiara o esquerdo... — Esse não, amiga, o outro... — Mal tivera tempo de o recolher, quando:

— Meninas, rajada e ventania, já deu a hora! Mataram as saudades?... Agora, é o tempo quente e abafado.

Muito chateadas e resmungando, atenderam ao chamado.

— Poxa, vida!..., é a morte quando isso acontece..., nem deu tempo de fazer o pé dessa vez!

Aproveitaram a entrada de uma nova cliente e partiram na mesma velocidade com a qual entraram.

— Boa tarde! Eu tenho um agendamento para as dezoito horas.

— Boa tarde, D. Dulcinéia. A senhora logo será atendida. Aceita um café? — perguntou a recepcionista, enquanto retirava o casaquinho.

— Se tiver água gelada, aceito. Está abafado, hoje, não?!

O ACOMPANHANTE

Desde aquele nosso primeiro encontro, parte de mim entrou em sua vida tal qual um batom que, após um breve retoque nos lábios, é jogado de qualquer jeito dentro da bolsa. Você mal olhou-me a cara, mas sabia que podia contar comigo, e até mesmo me contar; tanto que eu já fora levado para dentro de sua casa. Combinei comigo mesmo que ficaria atento aos seus sinais, uma vez que ambos éramos tímidos e que carregávamos a velha sina da passividade.

Assim que a porta do seu apartamento se abriu para mim, deslumbrado fiquei, pois tudo era de muito bom gosto, e percebi que não demoraria muito para que eu tomasse conhecimento de todas as suas futuras necessidades e, sobretudo, de suas fraquezas também, infelizmente. Eu tinha certeza de que era exatamente isso que você tinha em mente — e desesperadamente —, entretanto, fiquei restrito à sala, onde fui deixado à sua espera.

Se eu seria capaz de ajudá-la a preencher um vazio interior..., sinceramente, não sei! Mas quem é que sabe do futuro? Tenho cá, para mim, que eu te fiz se sentir uma pessoa afortunada. Mas não nos enganemos, ainda era início de um namoro..., e um namoro é igual ao início de um mês e vice-versa: sempre acaba. Após um mês, vem o mês seguinte e o próximo... Depois de um namoro, podem vir: o noivado, o casamento, a separação, a viuvez e a morte. Que Deus nos livre e guarde!

Curioso eu estava, pois da sala ouvia seus passos ansiosos percorrendo, de um lado ao outro, toda a extensão de seu quarto, delimitando, talvez, seu território. Então pensei comigo: "Ela é uma pessoa decidida". Porém, as incessantes aberturas das portas do guarda-roupa, bem como o vai e vem das gavetas, levaram-me a crer o contrário.

Depois, pensei comigo: "Ela faz uma arrumação em seus pertences, abre espaço para que eu fique, pois sabe que poderei proporcioná-lhe muitas coisas: boas e ruins; como tudo na vida". Ou não... Talvez esteja arrependida dos excessos acumulados. Você não sabe, mas eu já a conhecia de nome.

"Você vai embora. Você fica. Você vai embora. Você vai embora. Você fica...." — ouvi você dizer.

Tornei a pensar comigo mesmo: "Ela é indecisa".

"Você sai, você sai, você sai." — após dito isso, olhei para a porta e esperei; esperei que você me colocasse para fora.

Não. Você não é indecisa. Apenas está arrependida.

Eu aguardava, pacientemente, que finalmente se resolvesse; quando, para minha surpresa, você me atravessa, correndo pela sala com uma alegria infantil, tendo nos braços um monte de quinquilharias e, eufórica, entra no banheiro. Depois de um longo tempo, assim que a porta fora aberta, o aroma daquele gel de banho impregnou todo o apartamento, deixando-me embriagado. E foi quando a vi, de relance; surgida através daquele vapor, após um banho extremamente quente, em plena estação da primavera.

Ao mesmo tempo em que te admiro, porque eu já te admiro, não quero acreditar que sairemos ainda hoje... Ainda nem nos apresentamos formalmente, e você já quer me arrastar para suas aventuras. Olha, se já vamos começar nesse ritmo, não sei se conseguirei manter esse romance até o final do mês, pelo menos; o que você espera, eu acho.

Na sala, e repousando no mesmo lugar, eu continuo, após você ter virado todos os pertences de sua bolsa sobre o sofá, de maneira impaciente; o tipo de comportamento que abomino. Não te repreenderei, pois sou educado, embora não o sejam comigo. Então, aguardando eu continuo, enquanto você volta ao quarto para olhar-se no espelho novamente. Creio, veementemente, que seja isso que esteja fazendo. E digo para mim mesmo que sou capaz de te compreender... Todo mundo precisa de novos amigos e de novas paixões, principalmente. Porque tudo isso nos dá um fôlego divino.

Como sabermos por quanto tempo ficaremos juntos? Afinal, nem todos os amores são eternos, bem como as amizades também não são. Aqui, dentro de mim, desejo que essa nossa relação, ainda que no início esteja, seja a mais prazerosa possível. Da minha parte, já me considero seu amante, porque, modéstia à parte, quando me transformo, todos acabam me amando. Então, creio que, não diferente dos amigos, da minha parte — do meu papel —, em sua vida, ofereço satisfação e felicidade. Não seria esse o papel dos amigos e dos amantes, além de incentivar, elogiar, enaltecer e, nas horas tristes, caso ainda permaneçam ao seu lado, confortá-la, mas sem a julgar?

Continuo à sua espera e ouço os seus passos. É como um ritual de preparação que pode levá-la às alturas, em busca da felicidade, ou ao aviltamento, num encontro com a tristeza; na mesma proporção, e nunca ao mesmo tempo.

"Uau! Você está estonteante" — disse para mim mesmo, quando a vi finalmente cara a cara. Tudo em você está impecável... a maquiagem, a roupa, os acessórios... tudo de muito bom gosto: do perfume à bolsa transversal. Esta deu graça e aquele harmonizou toda a sua pessoa.

Vejo que está em dúvida sobre qual carteira escolher: a de couro preto, a azul ou a marrom chocolate. Fecho meus olhos e tento adivinhar a que será escolhida.... "Marrom chocolate", sussurrei para mim mesmo.

"A azul?!" — pensei, abismado comigo mesmo. Mas eu tinha certeza de que a marrom era a sua predileta. Eu quase opinei, mas quando você tocou em mim, segurando-me firmemente — quando eu é quem deveria te segurar, te amparar —, desisti de dizer qualquer coisa.

Então, partimos. Entramos no táxi e fomos para aquele *shopping center* badalado que sempre conseguia persuadir você com seu ambiente agradável, com seus produtos belíssimos, os últimos lançamentos que já levantavam seu astral. Nem precisamos conversar, por agora não, então caminhamos juntos, praticamente lado a lado, e vejo que você procura transmitir confiança a si mesma, ao caminhar vagarosamente, como quem pertence àquele lugar, olhando cada vitrine com ares descompromissados e evitando andar em ziguezague, como a maioria à nossa volta.

Até que é divertido acompanhar uma mulher às compras.... não reparei se todas são assim como você, que escolhe um lado do corredor e vai até o seu final, depois volta todo o percurso pelo lado oposto.

— Entre! Procura algo especial? É para você? — quis saber o vendedor.

Eu queria que você tivesse me ouvido quando disse: "Não, não entra! Você gosta agora, quando chegar à casa já terá se arrependido". Eu já ouvi relatos de outras mulheres arrependidas por terem sido induzidas por vendedores. Você ainda há pouco estava selecionando o que continuaria em seu armário e o que seria descartado, roupas de etiqueta e ainda com etiqueta, o que é mais triste de tudo.

Tenho medo de me pronunciar. Deixo você com seu livre arbítrio. Não irei te criticar, te julgar, nem te conter, porque início de relacionamento é assim: melhor não contrariar. Eu apenas te sigo. Aonde for, irei; onde entrar, entrarei.

— Adorei aquele vestido! — você se entusiasmou e já foi me puxando para dentro da loja. Agarrou outros dois, de diferentes modelos, e entrou no provador. A vendedora, astuta, levou-lhe mais cinco peças diferentes. E não deu outra, todas lhe couberam maravilhosamente.

Eu, como espécie masculina, nada comentarei, nada direi. Pensarei com meus botões... por exemplo, não vejo razão para sua indecisão... por que querer levar as sete peças?! Uma já é mais que suficiente. Mas a diaba da vendedora conseguiu te empurrar três. Meu Deus! Salve a minha Maria! Salvando-a ela, você me salvará também. Não tenho como fugir, ou melhor, até tenho, e quando isso acontecer, será um estrago em sua vida. Mas você superará, ou talvez não.

Aquela diaba foi até o caixa para empurrar à minha adorada uma carteira na cor bege, couro legítimo, último lançamento de uma grife internacional que já marca presença nas principais revistas de moda internacional.

"Você recusou. Graças a Deus!", disse comigo. Mas será que achou que eu deveria comprar para você... pois, pelo tempo em que ficou me olhando... contando... talvez que eu desse para pagar?! Ou será que a carteira seria para mim... talvez você quisesse a dar de presente... para mim?! Ora, que pensamento estúpido! Estamos no primeiro dia ainda, seu idiota.

— Como será a forma de pagamento? — perguntou o funcionário do caixa.

Nesse momento, você tornou a me olhar, apertou-me fortemente, mas logo em seguida me soltou e, decidida, "Com cartão de crédito", respondeu.

— Deseja parcelar?

— Em quantas vezes posso dividir, e sem juros?

— Dez, senhora.

Eu devia ter falado alguma coisa do tipo: "Está louca! Por que isso?! Mas por que comprou todas aquelas roupas? Mas sou ninguém perto de você. Não posso frear seus impulsos. Se eu tentar alguma coisa, ou você acaba comigo, ou eu acabo com você, ou, na pior das hipóteses, eu me acabo e tudo se acaba.

Estávamos quase deixando a loja, finalmente, quando você tomou nas mãos aquela carteira bege novamente. Eu tenho certeza de que amou! Mas ainda tenho dúvidas se aquela aquisição seria para você ou para mim; um convencimento da minha parte.

Tenho que admitir que a diaba da vendedora também tinha um excelente gosto!

Quanto glamour!! Apenas três itens que caberiam tudo em uma única sacola, agora divididos em três enormes, e com o nome da loja estampado em letras garrafais. E ainda se faz propaganda de graça. Deveriam dar um desconto, pelo menos!

A nossa próxima parada foi numa loja de sapatos. Olhei para seus pés e me perguntei: — Quantos pares de sapatos seriam suficientes para satisfazer uma mulher? "Roupas novas, sapatos novos". Muitas diriam para justificar suas compras.

Fiquei quieto no meu canto, só observando, mas não é possível ficar calado, quer dizer, é possível; mas é imprescindível guardar todas as opiniões para si mesmo, e é o que faço. O que digo aqui, em verdade, não digo, penso! Talvez meu silêncio prolongue nosso relacionamento... ou não! Pode ser que ele provoque mais que palavras mal ditas e malditas, sendo estas e aquelas motivos para tantas desuniões.

— Olha, lá! Pela quantidade de caixas que traz o vendedor, não tem o modelo que você pediu. Quer ver só?!

— Poxa! Não tem aquela da qual gostei, não?

— Eu trouxe outros modelos mais ou menos parecidos com a sua escolha... Quem sabe a senhora não goste de algum outro?

Apesar de eu ser seu novo acompanhante, posso dizer que já conheço seu gosto. Tanto que já previra que você não gostaria de nenhuma das sandálias trazidas por aquele esforçado vendedor. O que não entendo é que teria sido mais honesto e eficiente da parte dele — não fazendo ambos perderem tempo —, se ele já tivesse logo informado que o modelo escolhido por você havia acabado?! Ainda assim, ele perguntou se você não gostaria de olhar a vitrine mais uma vez. Ah, me poupe!

Voltamos a circular pelos corredores do shopping. Logo percebi sua mudança, através de seus silenciosos passos. Agora, você não quer encostar em mim; tem receio de me tocar, atitude que não entendo. Então, por que me quis ter por perto, afinal?

O silêncio que desgasta, mas não me gasta. Eu não vejo a hora de sair desse lugar tentador. Gostaria de puxá-la pelos braços e arrastar você daqui, quando, na verdade, é você quem me carrega, conduz-me e me encaminha. Ainda que tudo ali pudesse eu comprar, afinal, esse é o poder do papel que carrego, eu te perguntaria: sentir-se-ia feliz?

Sentamo-nos para um café. "O meu sem açúcar, por favor!"

Nossa, temos os mesmos gostos. Aguardo o momento para conversar seriamente com você, mas parece que se esconde. Somos companheiros de fachada... estamos numa encenação para enganar a quem, afinal?

— Pode deixar a conta comigo! — eu mal ensaiei as palavras, e você logo puxou o cartão de crédito. Depois disfarçou, olhando o conteúdo dentro das sacolas. Cadê a felicidade de antes, a mesma quando efetuava as compras?

— Voltarei àquela loja de sapatos para dar mais uma olhada — você disse. Eu não acredito que ouvi isso de você, após abrir sua bolsa e após olhar para mim.

"Não, amor! Não faça isso! Gostaria que ouvisse o conselho que te dou".

Saímos daquela cafeteria praticamente correndo. Aquela calma e tranquilidade que havia no início foram esquecidas. É impossível sustentar aquilo que você não é por muito tempo.

Eu preferi fechar meus olhos ao te ver efetuando o pagamento, e depois sair daquela loja com aquela falsa felicidade estampada no rosto. Calado, cheguei, calado, fiquei e calado, saí. E calado, dei graças a Deus por termos ido embora. Calados, voltamos, calados, entramos no apartamento e calado, preso à sala, voltei a ficar, enquanto você, calada, no quarto entrou. Antes, porém, com raiva, jogou sua bolsa no sofá; como quem diz, "Hoje você dorme aí!"

Durante o dia seguinte, percebi que minha Maria andava estressada e muito deprimida. Mas relevei porque eu já fora avisado sobre suas crises de depressão. Como já disse, eu já te conhecia de nome. E eu me pergunto: cadê seus amigos que não a incentivaram a procurar um psicólogo? Cadê os amigos nessas horas, hein?

Eles nunca perceberam as variações de seu humor... a sua euforia descontrolada, principalmente quando perto do pagamento?!

Mas todos apoiavam e incentivavam seus planos de viagem, embora nenhum deles tenha sido realizado. O pouco tempo ao seu lado já me deu vontade de acender um sinal de alerta: não sei se o seu, ou o meu; na verdade, agora o nosso.

Ao vê-la, agora, sentada à mesa, pensativa, praguejando, dizendo que seus sonhos não se realizam por causa da inveja das pessoas, ou porque não tem sorte, ou porque não tem um bom salário, faz eu me sentir um fracassado. Mal entrei na sua vida e muito pouco pude ofertar. E foi quando, nesse dia, em que você resolveu fazer uma planilha de gastos, que percebi que nosso relacionamento, assim como no começo, no fim estava.

Foram dois dias apenas. E eu me pergunto: será que não havia nada que eu pudesse fazer para ajudá-la? Mas será que você ouviria meus conselhos, minhas orientações sobre utilidades e futilidades, opiniões financeiras? Creio que não. E tive essa certeza ao ver a carteira... aquela bege, que a dita cuja da vendedora conseguiu te empurrar sem que eu tivesse visto. Então me dei conta de que eu não era mais nada, não valia mais nada. Você me diminuía a cada compra que fazia, até eu ficar invisível. Sim, foi assim que me senti, ou melhor, a mim me via; você não; ou só quando precisava.

Agora, se você arruma para ir ao banco, talvez para tomar um empréstimo... Eu li seus pensamentos. Então, aproveito para escrever-lhe esta carta, pois não gosto de despedidas.

Lamento, mas estou partindo, Maria.

Eu não consegui acompanhar seu ritmo frenético. Foram tantas as novidades que, por um momento, acreditei estarmos apaixonados, mas foi uma loucura, uma embriaguez desmedida.

Peço perdão por não poder te oferecer tudo aquilo que desejava, pois percebia seus olhares de desejo. Eu não somente me senti incapaz como também insuficiente para te dar todo o prazer de que necessitava. Em tão pouco tempo juntos, o pouco que ouvi você dizer: que a culpa era minha por você não conseguir tirar seus sonhos do papel, que seus planos de viagens talvez nunca se realizariam, fizeram-me crer que nunca chegaríamos num consenso.

Ainda que não tenhamos trocado uma palavra, não conseguimos nos entender. Isso é fato. Talvez porque você não soube controlar seus impulsos, por acreditar que eu estaria suficientemente presente. Estive e não estive, mas também não fui falso com você. Eu ficava feliz, quando feliz você estava.

Mas quando vi sua tristeza e seu mau humor se instalando, fazendo de sua vida um inferno, dando a entender que eu surgi como um balde de água fria na fogueira dos seus sonhos, eu queria sumir logo de vez da sua vida.

Quando me dei por vencido, já sem nada mais para oferecer, eu sorri comigo mesmo, ao desconfiar de que você já desejava outro em meu lugar. E eu, no meu íntimo, juro que desejei que você pudesse se acertar com o próximo, mas a sua história, pelo que me foi abreviada, repete-se e se repete.

Eu tive essa certeza, ao ouvir de outros as mesmas críticas que faço agora.

E você ainda não aprendeu...

Consegui te amar, amar de verdade, no pouco tempo em que estive contigo. E não é clichê se eu disser que gostaria de ter ficado ao seu lado até o fim de minha vida útil. Mas não deu. Acho que morri precocemente. Mas se cada centavo valeu a ti...

Peça ajuda profissional e aproveite para falar sobre seu vazio, sua angústia e sua depressão. E, por favor, não se esqueça de falar sobre o início de nossa desunião, já que nunca me viu como um afortunado.

Espero que o seu próximo companheiro tenha o dobro da capacidade que eu não tive e, quem sabe, seja muito mais do que eu fui em espécie. Somente assim terá os prazeres que foram negados enquanto estive ao seu lado. E me pego perguntando: quantas cartas como esta já não teria recebido?

Assinado,

Seu salário de novembro.

ESCALAS NO TEMPO

Durante muitos almoços, o assunto que encabeçava aqueles encontros de família era sobre a maneira como se devia ou não criar os filhos. Muitos pais, categoricamente, dizem ser impossível criar a prole da mesma maneira como eles foram, outrora, criados. Ultimamente parece que boa parte já nem quer mais perder tempo com isso. É o atropelo da vida, quando as facilidades encurtam ou eliminam as etapas mais importantes na construção de bons seres humanos, pessoas de sucesso.

— Essas coisas sempre existiram em todas as épocas, implicante, — dizia Carmem Verônica, a fim de provocar sua mãe que insistia em começar aquela argumentação "No meu tempo..." ou "Na minha época...".

E a conversa ia de vento em poupa quando, entre uma gargalhada atemporal, uma mágoa acolá, um ressentimento preso por décadas, um disse me disse, um não foi nada disso, um se eu soubesse... surgiu a teoria da geração que abre e da geração que fecha. "Mas que raios queria dizer aquilo", talvez se perguntasse a matriarca.

E Carmem Verônica, alegremente, surgiu com a seguinte explicação: — Existe a geração que abre, deixando os filhos bem à vontade e livres para qualquer experiência, e a geração que fecha, os proibindo de tudo — disse, retornando em seguida à explicação — A geração que fecha geralmente é aquela que teve a liberdade.

A bem da verdade é que todos sabem que não existe uma fórmula mágica, porém, há uma grande chance de sucesso se a base da educação tiver como alicerce bons exemplos a serem seguidos dentro do próprio lar. Agora, em relação à personalidade ou ao gênio de cada um... ah!... isso é outra história.

Mas lá, na época de Carmem Verônica, todo mundo era igual, todos tinham o mesmo tratamento, recebiam os mesmos castigos e nada, nada era individualizado. — "Mas nem tinha sido eu que fizera tal coisa e apanhei como o culpado" — assim diziam os injustiçados.

A mesma falta de tempo que há nos dias de hoje é, talvez, a mesma que havia no passado. Muitos pais, sem tempo para ouvir seus filhos, acabavam castigando a todos como exemplo no intuito de manter a disciplina, esquecendo-se ou melhor, sem se darem conta de que cada pessoa é uma e única.

E a conversa adentrava um novo degrau de conhecimento, quando foi trazido e posto à mesa, ainda antes da chegada da sobremesa, o assunto sobre o temperamento que cada um traz em seu DNA, as características individuais; presente que Deus deu: o sanguíneo, o melancólico, o fleumático e o colérico, o que tornam cada pessoa individual, única e singular.

E Carmem Verônica, já bastante alegre, preferiu trazer algumas simplórias recordações de um passado não tão remoto, evitando, assim, argumentar sobre algo mais complexo que demandaria muita leitura sobre aquele assunto em questão, a fim de se fazerem as análises necessárias e pertinentes. Mas aqueles encontros eram para ser divertidos, leves e saudosos.

Ela, então, deu um salto no passado, recordando-se das famosas condicionais: se comer tudo, vai ganhar um doce; se estudar e se passar de ano escolar, vai ganhar presente de Natal; se tirar nota baixa, sem televisão, se fizer sol, iremos à praia no final de semana; se isso... então aquilo... e assim se passaram os dias, os meses e os anos. Agora, meus pensamentos me levaram de volta à adolescência, e na praia me encontro, e não pensar nas condicionais do passado é praticamente impossível: "Você irá à praia somente se seus irmãos forem". Rio comigo mesma.

Aqui chegamos na praia. Dia do meu aniversário. O dia era de céu celeste, mar azul mediterrâneo, areia branca feito o sal e recepção cinza-escuro de uma cena chocante: um corpo de um homem, já bastante inchado, sendo resgatado, quero dizer, sendo transportado numa maca. Seu braço duro estendia-se para fora do manto que o cobria. E assim estava sendo conduzido. Aqueles que prestavam atenção esquivavam-se, dando passagem; porém, novos banhistas chegavam.

— Olha lá, apesar de morto, ele passou a mão na bunda da mulher — disse um dos meus irmãos, e todos nós caímos na gargalhada. Fazer o quê? O homem já tinha morrido, a mão já tinha passado e a mulher sequer se deu conta do caso, se bem me lembro.

Estendo minha toalha de banho comum mesmo, velha e desbotada, mas quem se importa? Olhando para esse mar azul?

E essa foi a condição para estar aqui hoje, deitada nessa toalha de banho comum. Olha esse mar azul! Quem seria louco para prestar atenção nessa toalha?! Principalmente quando meu corpo mal cabe nela, de tão pequena que é. Ajeito-me, encontrando uma melhor posição deitada de bruços.

Meus irmãos são muito engraçados pegando jacaré. Eu nem me arrisco mais. Da outra vez em que brinquei com eles, levei um caixote e, quando percebi, estava com um dos seios à mostra. Sem contar com a quantidade de areia dentro da parte de baixo do biquini.

Estão me chamando para brincar com eles: — Não vou, não! — gritei, ao mesmo tempo em que gesticulei negativamente com o dedo. Eu, hein!... será que não estão vendo as moças perto deles? Deveriam estar paquerando... mas estão pegando jacaré...

Eu os deixo para lá e observo as pessoas à minha volta: "Gente!... pessoas muito chiques... há bolsa de palha por toda a extensão dessa areia. Dando charme, um lencinho florido amarrado na alça... A de palha neutra, sem estar envernizada, é a mais linda de todas. De muito bom gosto, querida! Arrasou! Parabéns!"

Olha para o azul dessa praia! Quem seria o louco, ou a louca, para prestar atenção na minha bolsa velha? Eu quero é aproveitar esse dia. Quero tomar todo o sol que eu puder. Aliás, todo o sol que foi regulado por minha mãe. Em falar nisso, cadê meu bronzeador? Quero sair daqui bronzeadíssima.

Está tudo tão socado dentro dessa bolsa... Nem sei o porquê colocamos todas as nossas roupas dentro dela... quem é que pegaria essas roupas velhas?

Ai, está!... e no finalzinho. Darei um mergulho primeiro, depois me deito um pouco de frente.

Estou começando a sentir fome; meu estômago clama por comida. Acho que vou aproveitar e fazer uma média com meus irmãos. Brincamos um pouco e acabamos saindo todos juntos da água.

Contamos nosso dinheiro, tiramos a parte da passagem do ônibus de volta para casa e vimos que dava para comprar um único pacote de biscoito, O Globo, e uma garrafa de refrigerante para cada um, sobrando ainda um pouquinho, porém não o suficiente nem para outro biscoito tampouco para outro refrigerante. Sentamo-nos, os três, naquela mesma pequena toalha, e enquanto comíamos, o mar observávamos.

Não sei no que pensavam meus irmãos, mas eu fechei meus olhos e voltei ao passado. No tempo em que toda a família vinha à praia: "Se fizer sol no fim de semana, iremos à praia". E assim começava a semana que antecedia o tão prometido final de semana, e sempre sob condição.

Quando os planos para aquele final de semana, sob ameaça, encontravam-se, e as nuvens, invejosas, tentavam ofuscar o brilho do sol, cerceando suas peculiaridades inatas: iluminar e aquecer tudo a sua volta. Então, no muro e no chão, desenhávamos o sol, porque diziam que, fazendo assim, ele surgiria. E não é que dava certo na maioria das vezes? Não sei de onde partiu essa crendice.

Finalmente chegávamos à praia. Nossos pais eram muito bons em matemática. Logo colocavam em prática a regra de dois que, no nosso caso, era assim, para entrar no mar:

— Vão dois agora. Quando voltarem, vão outros dois. Corríamos para formar as duplas, somando três, ao final, excetuando nossos pais.

Enquanto isso, os que aguardavam, nas áreas desenhavam ou conchas do mar recolhiam. O sol era sempre o primeiro a ser homenageado. Afinal, sem ele, sem praia. Se havia praia, era graças a ele.

Depois de um tempo, quando todos estavam exaustos, nos sentávamos para lanchar; o que hoje chamariam de "farofeiros".

Mas, gente! Preste atenção. Família pobre: um casal com seis filhos... não tinha condições de comprar qualquer coisa na praia.

Não me recordo de ter carregado nada, afinal, era bem pequena. Mas tinha garrafa térmica com café com leite, com suco, com água, copos, sanduíches, pastéis, que minha mãe fazia... Tudo muito gostoso e de dar água na boca daqueles sentados ao lado.

E vocês acham que a gente se importava em ser chamada de farofeiro? Claro que não!

Que delícia de passado! Era uma pena que ficássemos somente por duas horas. Hoje eu reconheço que devia ser muito estressante para meus pais.

Interrompo minha viagem no tempo e vejo que meus irmãos haviam retornado ao mar. Acabo com o resto do óleo de bronzear que tinha — "Cenoura e Bronze" —, e torno a me deitar de bruços, voltando a observar aqueles à minha volta.

"Sabia que daquela bolsa de palha sairia, nada mais nada menos que um bronzeador da Banana Boat. Gente fina é outra coisa!"

Sentindo-me incomodada com o calor, decidi dar um mergulho refrescante e, ao sair da água, vejo um dos meus irmãos com um sachê de urucum em mãos. "Quer passar?"

— Sim. Quero sair daqui bronzeadíssima! — disse, voltando a me deitar.

Quando finalmente decidimos retornar à casa, eu já estava sentindo um certo desconforto na pele. Ao passar pela roleta do ônibus, já me deu uma ligeira noção do que estaria por vir... algo tinha dado muito errado, ou melhor, algo tinha sido por demais exagerado.

E quando entrei em casa, a minha mãe levou um susto.

— Meu Deus! Você está toda queimada. Por que vocês ficaram tanto tempo na praia? Eu não falei para ficarem somente por duas horas?

Tudo me incomodava: a água do chuveiro, o sabonete, bem como a toalha de banho, as roupas. E, ao me deitar, assim que encontrava uma posição menos dolorosa, tal qual um defunto ficava. Virados para mim, todos os ventiladores.

E assim se passaram os dias, as semanas, os meses e os anos.

"Se comer tudo, vai ganhar sobremesa."

"Se for boa aluna, Papai Noel vai trazer presentes."

"Se fizer sol, iremos à praia."

— Moço, eu quero, por favor, um guarda-sol, duas cadeiras e duas águas de coco.

— Minha filha, venha passar o protetor solar. Não vamos demorar. Ficaremos somente por duas horas.

A COROA E SUA COROA DE FLORES

Eu, desde menino, sempre tive medo das coisas que não podia ver. Naquela época, não se falava em crenças limitantes. Se os adultos soubessem o quanto eles podem impactar, negativamente, na vida profissional de uma criança no futuro, jamais diriam que a 'assombração' viria pegá-la, caso não comesse toda a comida colocada no prato, ou quando ela não quisesse dormir quando deveria.

"Come tudo, senão a assombração vai te pegar!" — dizia minha mãe.

Ainda quando criança, lembro-me de ter ouvido alguém dizer: — Quando a morte não achar a pessoa que ela deveria levar, ela pegará o primeiro que aparecer à sua frente.

Uma certa vez, por volta dos dez anos, junto com meus amigos, entramos numa casa abandonada. Enquanto os demais exploravam os quartos vazios, eu observava curiosamente cada detalhe daquela morta sala de jantar. Fiquei imaginando como ela teria sido em seus dias de vida. Ao ouvir o grito de um deles: "Essa casa está mal-assombrada", saímos, todos, às pressas, antes mesmo da frase concluída.

Eu não queria ser motivo de chacota, por isso, nada comentei sobre a sensação que tive de ser seguido durante aquela entrada fortuita.

O tempo passou, meus amigos e eu crescemos e quase todos continuamos, ainda por um bom tempo, morando no mesmo bairro até nos formarmos. Quando conseguimos nossos primeiros empregos, cada um tomou seu próprio rumo. Contudo, o encontro para nosso bate-papo era sagrado.

Eu me formei em jornalismo e mantive a escrita, apenas, como passatempo. Mais tarde, acabei me apaixonando pela literatura, tornando-me um escritor de fato. Como sou movido a desafios, fui incentivado a escrever sobre algo que sempre evitara comentar, desde meus tempos de criança, porém não tinha ideia de por onde começar minha dissertação.

Àquela altura, já me julgava ateu. E, como eu não acreditava em nada, falar sobre a vida após a morte poderia ser o início de uma discussão sem fim e que, na minha opinião, não levaria a lugar nenhum.

Determinado, teimoso e convicto daquilo em que acreditava, acabei me rendendo e resolvi me inteirar um pouco sobre o assunto. Comecei minhas pesquisas através de levantamentos acerca dos sobreviventes — pessoas que foram dadas como mortas — e que voltaram do estado de coma, relatando o que haviam experimentado quando estiveram do "outro lado". Eu acredito que a vida é uma só. Essa coisa de que o espírito sai de um corpo e depois volta a reencarnar em outro, para mim, é algo de filme de ficção. Depois, li alguns livros da Doutrina Espírita, assisti a alguns filmes baseados nesse contexto, conversei com algumas pessoas aqui e com outras ali; e sempre com meu bloco de anotações em mãos, fazia bastantes observações pertinentes acerca do assunto.

A bem da verdade, eu já começara a gostar de ouvir os depoimentos e as opiniões contrárias às minhas. As nossas discussões eram muito produtivas. Já não estava mais tão focado em escrever sobre aquele assunto, quando percebi que dali poderia surgir um nicho para um trabalho de ficção científica, talvez. E foi quando decidi trazer aquela pauta para ser discutida entre meus amigos de infância.

O nosso grupo era bem eclético: tinha os ateus, os evangélicos, os estudantes da Doutrina Espírita, os católicos, entre outras crenças e religiões. Apesar de nossas diferenças, tínhamos um acordo mútuo: o compromisso de estarmos presentes nos funerais de cada um.

— Mas como pode alguém não acreditar em reencarnação? O que dizer dessas crianças, que não têm nem cinco anos de idade e que tocam piano maravilhosamente bem? — questionou Jorginho, o primeiro a conquistar o tão sonhado carro próprio — É claro que talento natural não basta; é preciso muita dedicação e comprometimento também — complementou.

— E aquelas crianças e suas pinturas em tinta a óleo? O que dizer? — perguntou Darílio.

Jorginho, concordando com ele, fez mais uma observação: "Por que muitos têm uma vida maravilhosa, enquanto outros vivem em total sofrimento?"

Acácio, bem como eu, não acreditava em vida após a morte; aquela coisa de que os espíritos estão presentes durante o nascimento e durante a passagem final, não nos convencia.

A gente já tinha encerrado aquele encontro, quando um deles — não importa quem foi — relatou uma história sobre um caso de possessão demoníaca, sofrido por um conhecido de um parente seu, que, durante o tempo em que ficou em transe, conseguia atravessar paredes.

— Mas se você não acredita que existe a possibilidade de um espírito retornar, como quer que nós acreditemos em alguém capaz de atravessar paredes? — argumentou um deles, quase reiniciando o debate.

Ainda estávamos no calor daquela discussão, quando eu, dando-me por satisfeito, comecei a me despedir de todos, forçando o fim daquele encontro.

Eu e mais três pegaríamos carona com Jorginho, enquanto os outros retornariam de transporte público.

Muito agradecido, aceitei de bom grado aquela carona, assim colocaria em ordem meus apontamentos ainda naquela noite. Aquele debate, aparentemente, não conseguiu me fazer mudar de opinião sobre aquele assunto. Permaneci com minha crença de que não existe vida após a morte. Mas devo admitir que achei muito interessante todos aqueles pontos de vista.

Ao entrar em meu apartamento, ainda bastante reflexivo, sentei-me no sofá e tentei rever minhas anotações. Não posso negar que voltei um pouco estranho daquele encontro.

"Será que devo me aprofundar mais sobre esse assunto? Será que fui intransigente em minhas opiniões?" — indagava-me.

Decidi não pensar mais naquilo naquele dia, então prendi a caneta, pela tampa, na última folha com minhas anotações, coloquei o bloco em cima da mesa do centro, levantei-me e fui para o banho. Mas antes, fiz um rápido alongamento para os braços, movimentei a cabeça de um lado para o outro, para cima, para baixo e, quando fiz um movimento circular, senti tonteira.

Ainda meio cambaleante, entrei no box, abri apenas a torneira de água fria e deixei que aqueles fortes pingos massageassem minhas costas. Já estava lá um bom tempo, porém não o suficiente para tirar aquela sensação de corpo sujo. Precisei sair às pressas, tão logo ouvi o recém-deixado recado em minha secretária eletrônica: — Jorginho sofreu um acidente de carro. Ele e mais uma pessoa morreram no local. Ainda não temos notícias sobre os outros. É quase certo que os dois serão enterrados no mesmo lugar — Cemitério da Paz Eterna. O enterro de Jorginho está confirmado para as 13h. O do outro deverá ocorrer mais tarde, a depender da agilidade da família com as documentações.

Desesperadamente, ainda com minhas mãos à cabeça, corri em direção ao aparelho eletrônico, tentando chegar antes do desligar daquele telefonema. Mas a pessoa foi breve na transmissão daquele recado, desligando logo em seguida, sem ao menos se identificar.

Se eu seria o primeiro a ser deixado em casa e Josivaldo, o segundo, então o acidente pode ter acontecido entre o trajeto de meu apartamento e o da casa dele, ou será que ocorreu durante o trajeto da casa de Josivaldo em direção ao bairro onde moram Darílio, Eulálio e Jorginho?

Aquela triste notícia me fez perder o sono e a fome. Angustiado, andei de um lado para o outro, pensando no que eu poderia fazer para ajudar naquele momento. Não tinha muita intimidade com as famílias deles, mas eu tinha que fazer alguma coisa. Então, decidi escrever algumas palavras para discursar durante o sepultamento de meus amigos. Porém, nem isso fui capaz de fazer. Talvez eu não conseguisse me expressar diante daquelas pessoas que eu mal conhecia.

Mesmo assim, forcei-me a escrever um pequeno texto no intuito de pedir que um outro amigo o lesse, mas, ainda assim, não consegui iniciar uma única frase. Sequer consegui segurar a caneta que parecia pesar tanto quanto pesavam meus prejulgamentos em relação à crença de Jorginho — aquela de que os espíritos sempre retornam aos mundos de expiação e provas. Ou, quiçá, meu bloqueio poderia ser, tão somente, devido à falta de intimidade com a família do falecido.

Quem sabe durante o velório eu não consiga rascunhar alguma coisa?

Cheguei bem cedo ao cemitério. Ainda bem antes do velório de Jorginho. Sobre o do outro amigo, que também seria enterrado ali, nenhuma outra informação me fora passada. Mas, segundo aquele recado, seria naquele dia também.

Confesso que eu nunca tinha visto um fluxo tão intenso de caixões. Era um entra e sai, um sai e entra. E todos seriam enterrados no Dia das Bruxas, 31 de outubro — o famoso *Halloween* —, os corpos dos dias anteriores e os daquele dia também; a depender da hora da morte e da liberação pelo Instituto Médico Legal, é claro.

Pensando bem, não haveria data mais propícia para aquele evento, pensei comigo. Não conhecia ninguém do primeiro velório, entretanto, escolhi um lugar de onde eu poderia ver a todos. Creio que ninguém se importou de eu estar sentado ali, mesmo não sendo parte da família e, muito menos, amigo do falecido. Ajeitei-me no banco de alvenaria, disposto a escrever algumas linhas.

Desde o momento em que aqui cheguei, acredito que nenhuma capela esteja vazia. Nessa em que já estou sentado há horas, todos os velórios anteriores estavam lotados. E o do meu amigo não está diferente. Somente quando o corpo dele chegou, foi que eu pude ver o quão Jorginho era querido. Algumas pessoas, eu conhecia de vista apenas.

Eu precisava descobrir quem havia deixado aquele recado em minha secretária eletrônica, e também estava aflito para saber sobre os outros, bem como mais informações sobre o acidente. Não que isso fosse resolver alguma coisa naquele momento. Talvez fosse apenas por curiosidade mesmo.

— Nossa!... a sensação térmica de hoje deve ser de 50° C. Parece que estamos, literalmente, no inferno; borbulhando no caldeirão do diabo. Será um dia dificílimo de suportar: no calor das emoções, no calor das sensações e no clamor das orações.

— Magalhães, você está poético hoje, hein?! Ah, mas isso você tira de letra! Nunca te vi reclamando do calor.

— Gonzaga, eu sempre gostei do calor. Não da luz solar. Tenho fotofobia.

— Sei. Conheço a sua fotofobia. Cadê esse padre, pastor, benzedor, rezador que nunca chega? Eu não sabia que o Jorginho, além de ser católico, lia sobre outras crenças. Eu quase podia jurar que ele fosse ateu. Você sabia que ele não era? Viu o monte de gente que está do lado de fora querendo entrar? Virgem Maria Santíssima!

— Você sempre parte do pressuposto de que todos são ateus como você era, né?! Nada como o tempo, nada como a leitura e o conhecimento. Você acha mesmo que aquele bando de gente lá fora gostaria de estar aqui dentro?! Aquele sentado lá não é o amigo escritor? Veja! É o Pereira — o coração de rocha — quem está do lado dele. As pessoas o chamam de durão porque ele sabe segurar as emoções como ninguém. Nunca chorou em velórios. Talvez nem no da própria mãe.

— Como as pessoas são descrentes umas das outras! Quem imaginaria que Heleno seguiria nesse ofício? Se nem mesmo sua família levava fé, quanto mais seus amigos próximos. Magalhães, você reparou que ele está sentado há horas e escrevendo o quê, eu não sei.

— Talvez tenha encontrado uma inspiração. A morte não deixa de ser um bom assunto, mesmo para ele que se diz ateu. Você viu? De vez em quando, ele olha para cá. Ou será que é impressão minha, Gonzaga?

"A quem possa interessar... Rapazes, bem-apessoados, alguns incomodados com a quentura ambiente desta capela, aguardam pela chegada dos amigos para o último adeus. Se não fosse pelo dia de hoje, eu diria que, até agora, nessa sala de lamentos, a roupa escolhida por eles é a mais conveniente e a mais convincente ao mesmo tempo: cobertos de negro, tal qual no século XIX, em respeito às famílias.

É um entra e sai de defunto nesse cemitério... Enquanto um corpo está sendo velado, outro já se encontra posicionado para entrar no recinto. E, respeitando a fila, todos os recém-chegados, ainda dentro dos carros das funerárias, aguardam a vaga que será liberada, mas tão somente, quando os mortos à frente forem para as bancadas das respectivas capelas, após a saída dos cortejos dos mortos anteriores. Talvez seja a única vez em que a ordem é respeitada; sem os famosos furadores de fila. Merecem muitas palmas e uma salva delas também. Aquelas coloridas e estas entusiásticas.

Quero deixar registrado em minhas anotações que nem todos creem em algo, bem como nem todos são descrentes de tudo. De onde estou, posso ver e ouvir com bastante clareza. Durante o tempo em que estou aqui, percebi algumas diferenças nos funerais. Também observei que alguns rostos, aqui presentes, chegaram a despertar nos familiares dos falecidos uma curiosidade quase doentia; trazendo desconforto a alguns, e até mesmo causando brigas seríssimas. O que é lastimável!

Contudo, em respeito àqueles que choram, os amigos dos mortos nada contam aos seus parentes, principalmente aos seus cônjuges. Na maioria das vezes, são fisionomias para lá de conhecidas de seus fiéis seguidores durante suas passagens em vida. Fazendo um cálculo rápido, após a descida dos caixões, após as rosas, após as coroas de flores e após as pás de cal, pelo menos, cinquenta porcento de todos os segredos estarão lacrados dentro daquelas tumbas.

E por falar em coroa de flores... Eis aí um tema pertinente: seu significado, sua origem e seus tipos. Talvez seja o último presente dos vivos para os mortos. Esse assunto poderia render muitas hipóteses.

Como cheguei muito cedo, estou aqui desde o primeiro corpo velado, posso dizer que todas as coroas de flores que passaram por aqui, assim como eu, ocupamos um lugar privilegiado; um ponto estratégico, de onde podemos observar — menos sentir — as lágrimas verdadeiras doadas àqueles que partiram, os seus comportamentos diante da morte, as roupas que trajavam naquela última despedida, os olhares curiosos, os inconformados, os arrependidos, os rancorosos e as emoções exageradas.

Quando o corpo do amigo — o último a ser velado naquele dia — adentrou a capela, o Cemitério da Paz Eterna já se encontrava quase totalmente vazio.

Tão logo a tampa do caixão fora aberta, em respeito àquele último falecido, fiquei muito comovido pelo colega que partira. Àquela altura, já me sentia conhecido de todos que por ali passaram. Então, decidi pausar minhas observações durante os próximos minutos, para fazer um prolongado silêncio e prestar minhas sinceras condolências não escritas".

Após colocarem o segundo caixão com o corpo do outro amigo sob a bancada, e tão logo fora aberto, eu — Heleno — jamais pensei que me desesperaria ao ver aquele rosto, para lá de conhecido, dentro daquela urna: "Não pode ser! Não pode ser verdade!" — disse, levando minha mão à boca, em sinal de consternação, ao mesmo tempo em que eu me aproximava e me afastava daquele caixão.

"Por quê? Eu estou vivo. Por quê? — perguntava-me, indignado com aquela morte. Chorei e gritei ao mesmo tempo. Depois, comecei a rir descontroladamente de nervosismo. Achei que tudo aquilo não passava de uma brincadeira, afinal, estávamos todos juntos no dia anterior.

Revoltado, agarrei-me àquele caixão modesto e quis fazer com que aquele corpo, cujo rosto parecia tão sereno, acordasse. Depois, pensativo, sentei-me no banco frio de alvenaria, apoiei os cotovelos sobre as coxas das pernas, enquanto as mãos seguravam minha cabeça.

— Amigo, eu percebi que você tentava escrever algumas palavras para esse momento. Acho que toda a sua intenção foi em vão, pois não vejo uma única anotação. Estive ao seu lado o tempo todo. Mas tenho que confessar uma coisa: o improviso sempre sai melhor que algo ensaiado — disse-me Pereira. — Nome que acabei descobrindo mais tarde.

A sensação do toque da mão de Pereira sobre meu ombro não foi o único susto que tive em toda a minha vida. O que me deixou aterrorizado foi a pergunta feita sem muito rodeio: — Agora você acredita em vida após a morte? Olhe à sua volta, Heleno. Veja para onde as pessoas estão olhando. Todos morreram naquele acidente de trânsito, inclusive você.

Inconformado e querendo mostrar que eu ainda estava vivo, tentei arrancar a coroa de flores de seu suporte.

Eu lutei! Lutei muito para aceitar minha nova condição. Enquanto Pereira pensava que eu já tinha me acalmado, num ato de fúria, avancei mais uma vez em direção àquela ornamentação, porém sem sucesso novamente. E foi quando, ao me sentir bastante enfraquecido, dei-me por vencido, permitindo-me cair ao chão.

— É isso aqui que você quer? — perguntou-me Pereira.

Não sei como, mas ele fez o que eu não consegui: retirar a coroa de flores de seu suporte. Com ela, bateu três vezes, de leve, em minha cabeça, depois a jogou para longe.

Eu só sei dizer que os poucos vivos ali presentes não souberam explicar como, do nada, aquela ornamentação fora retirada do tripé e arremessada contra a parede daquela sala de lamentação. De pronto, fecharam a tampa de meu caixão, por conseguinte, encerraram antes do tempo meu velório.

Porém, antes que eu deixasse aquele recinto, algum corajoso pegou aquela coroa de flores do chão — agora não tão bonita quanto antes e tampouco fora dedicada a mim — e a repousou em cima de meu caixão.

Durante o meu próprio cortejo, Pereira e eu caminhávamos juntos aos meus poucos amigos e familiares em direção à minha sepultura, que já me esperava aberta. Curioso, perguntei a ele para quem seriam aquelas últimas palavras de amor contidas dentro daquela homenagem em forma de coração.

Ele me disse que aquela coroa de flores fora encomendada pela não tão amada esposa, que havia jurado amor eterno ao marido. Porém, naquele fatídico dia, ela descobriu que seu falecido esposo — companheiro de várias bodas de vida em comum — tinha uma outra família.

— É a morte desatando o laço que unia os dois corpos e a viúva, o que ligava os sentimentos — respondeu-me Pereira. — A viúva, ao abandonar a coroa de flores, tão logo a tampa do caixão fora fechada, desfez-se da compaixão que ainda nutria pelo falecido marido e sequer quis acompanhar o cortejo de seu corpo, pois percebeu que não valeria a pena forçar seus velhos joelhos. Nem um pouco constrangida, tomou a direção contrária, deixando o cemitério silenciosamente — concluiu Pereira.

"Após alguns minutos em silêncio prestando minhas sinceras condolências não escritas, fui despertado pelos gritos do amigo escritor. Estou triste por ele, mas ao mesmo tempo, feliz por mim, pois servirei ao meu propósito finalmente. E graças a alguém que me considerou ainda útil e me reergueu do chão.

Todas as minhas amigas chegaram, foram posicionadas estrategicamente ao lado de seus homenageados, feito eu. Porém, todas partiram em seus cortejos em direção às suas moradas eternas.

Após uma mágoa *post mortem*, restou eu — a coroa rejeitada — não a dos joelhos desgastados pela ação do tempo.

Ver a chegada e a partida das belas coroas de flores causavam-me a mesma tristeza que sentiam os vivos.

Agora sigo por uma das ruelas dessa cidade de pés juntos — que ainda preserva seus paralelepípedos — trepidando de alegria, em cima do ataúde de Heleno nesse final de dia tão intenso e tão sereno quanto o espírito dele nesse momento.

E antes que a última pá de cal seja jogada sobre mim, sobre as rosas e sobre o seu caixão, acredito que Heleno concordaria com o título desse conto: A Coroa e sua Coroa de Flores.

VOVÔ NECO, NIKA E O LAMPEJO DE BRILHOS

Um lugar mágico será apresentado àqueles que enxergam a história ainda pelo lado de fora.

O verde degradê das árvores realçava a bela casa, sempre diminuída durante o dia. Mas alguém sabia. À noite, ninguém a notava, e eu, jocosa, para abrigar as doze pessoas da família, deixava que a casa crescesse, inserindo novas palavras na história.

Nika já conhecia os disfarces dos seres da mata, mas, em busca de aventuras, cantarolando, saiu saltitante pelo caminho toda prosa:
— Eu tenho nove irmãos! Eu tenho nove irmãos...

Folhas secas foram esmagadas por um pisar diferente. Assustou-se. Quis correr, porém, receosa, decidiu ficar estátua. E foi quando ela viu um grande e gordo lagarto ainda lambendo a beiçola.

Ao descobrir quem furtava os ovos da galinha caipira — o mistério que a todos intrigava — a algazarra dos pássaros cessa, e, assustados, voam, alguns juntos; outros separados.

Ao perceber que fora visto, fugiu todo rebolativo, deixando acordes, em Claves de Fá e de Sol, nas folhas secas do caminho.

Dó, Ré, Mi, Fá, Sol, Lá, Si. As notas, agora soltas no ar, sob os raios solares que iluminavam as folhas que trocavam de roupagem.

— Eu descobri! Eu vi quem furta os ovos das galinhas. Eu vi! Eu vi! — tagarelou, acordando a cobra de cauda musical, que já preparava seu bote para a picada mortal.

O seu avô Neco, de longe, arremessou o seu cajado, nocauteando a cobra.

— Nika, vamos colher um cafezinho hoje? Mas somente os maduros, senão, não teremos trabalho amanhã — perguntou à neta.

Ela se assustou ao vê-lo sem o apoio. Compreendeu quando viu a cobra morta. De pronto, recuperou o cajado do avô e serviu de apoio àquele corpo, que carregava mais de cem anos de idade, agora caminhando encurvado e sempre olhando para baixo.

Os seres da mata o reverenciavam. Quanto mais ele se afastava, mais a sua silhueta se agigantava dentro daquela armadura chamada vida.

E era sempre ao fim do dia, quando o sol cansado se apagava, que a noite, devagarinho, dava entrada. Agora, única e soberana, abria e exibia a sua roupa estrelada, tomando para si aquele céu sem fim.

Todas as noites, Nika aguardava pela faísca colorida, que passava espremida pelo batente da porta da cozinha. De mansinho, flutuava, visitando a todos daquela grande família. No quarto que dividia, Nika observava aquele lampejo de brilhos pairando sobre as cabeças das irmãs. E quando ele vinha em sua direção, Nika, tapando os olhos com a palma das mãos, deixava-se ser abençoada por aquela proteção divina. Talvez somente ela o via.

ESPÍRITO NATALINO

Do alto da ladeira, numa das ruas de um dos bairros de São Gonçalo, no Rio de Janeiro, realizei um sonho que não era meu.

Observei-me no espelho e quase não me reconheci naquele uniforme azul-marinho, impecavelmente passado. Ainda não dominava a arte da maquiagem; dava para perceber pela maneira como o blush havia sido aplicado.

Despedindo-me de todos, com a mala na mão direita e a bolsa pendurada no ombro esquerdo, deixo a residência em direção ao aeroporto.

Como em um conto de fadas, porém, sem magias nem poções, encontro-me, agora, na esquina da 34ª rua a oeste com a 5ª avenida, caminhando pelo famoso quarteirão por onde *King Kong* fez sua passagem, tornando-se mundialmente conhecido.

Algo inesperado interrompe o meu caminhar solitário pelas movimentadas ruas de Nova Iorque a três dias do Natal.

Olho para o alto e acompanho os pequenos flocos de neve caírem do céu num bailar descoordenado. As mãos estavam, até aquele momento, fechadas e espremidas dentro dos bolsos de um agasalho não adequado para aquele tipo de frio. E, como se tivessem vontade própria, curiosas, saltaram para fora e tentaram segurar aquelas pequenas bolinhas brancas, na intenção de sentirem a textura da neve. Ah! A neve... A neve somente conhecida através dos cartões natalinos que meu pai ganhava de seus clientes.

Os transeuntes, que até então caminhavam no ritmo de "*Silver Bells*", não se irritaram nem um pouco por eu lhes atrapalhar a passagem. Com a intenção de fugirem daquela nevasca que se aproximava, aceleraram seus passos ao ritmo de "*Santa Claus is Coming to Town*". Enquanto isso, ao som de "*Let It Snow, Let It Snow*", parada, permaneci na calçada.

Com certeza, eles perceberam que eu não era dali. Ainda imóvel, fecho os olhos e espero o tocar gelado de um e outro floco de neve no meu rosto. Quando me dou conta do desconforto, recoloco as mãos nos bolsos, antes, frios, agora, gelados, na ilusória tentativa de aquecê-las.

A caminhada de volta ao hotel ainda seria longa. Decidi, então, aquecer-me na calefação da primeira loja aberta ao longo do caminho. Corro em direção à sua porta automática e assim que entrei:
— *Welcome*! (Seja bem-vinda!), disse um dos atendentes.

— *Thank you*! *I'm just gonna take a look*. (Obrigada. Irei apenas dar uma olhada.)

— *Take your time*! (Fique à vontade!)

Tenho certeza de que ele, pela maneira como entrei e me comportei após o fechamento da porta, sabia o real motivo daquela visita. Sem graça, vou retirando a boina, o cachecol e, por fim, o casaco, numa doce e ingênua ilusão, ao tentar me passar por uma cidadã local. Porém, o meu sotaque já havia me denunciado.

Agora, sentindo-me aquecida, caminho sem pressa pelos corredores daquele estabelecimento. Eram tantos artigos natalinos, coisas que jamais pensei que veria na minha vida, a começar pela neve, que, naquele momento, caía do lado de fora num ritmo acelerado, começando a encobrir os carros estacionados nas ruas.

Caminhava em direção à seção de revistas de moda quando me deparei com eles: os lindos cartões natalinos. Muito parecidos com os que meu pai recebia. Quando criança, tinha as minhas dúvidas se aqueles lugares existiam de fato. Minha curiosidade era tanta, que, de alguma forma, fui agraciada. Agora, no futuro e adulta, tento responder àquela criança dentro de mim: sim, eles existem de verdade.

Sorri e continuei andando. Logo me deparei com elas: as bolas natalinas de vidro. Muito parecidas com as poucas que tínhamos em casa, quando meus irmãos e eu éramos crianças. A cada ano, conforme se quebravam, foram sumindo, até restar somente o algodão na árvore. "O algodão que imitava a neve", lembrei-me, esboçando um sorriso de canto de boca logo em seguida.

Segurei uma delas nas mãos e olhei pensativamente para ela. Passamos por tantos natais difíceis. Os brinquedos, somente os ganhávamos até completarmos dez anos de idade. Com um largo sorriso, agradeço-me por ter guardado a última boneca recebida. Às vezes, tínhamos uma ceia natalina, noutras vezes, não. E quando isso acontecia, ficávamos admirando as estrelas no céu.

Talvez tenha sido por esses motivos, que, no futuro, proporcionaríamos tudo de melhor para nossos filhos: as mais lindas decorações natalinas, os últimos lançamentos em brinquedos, belas roupas, modernos calçados e fartas ceias de Natal. Uma doce ilusão sobre o sentido da vida, talvez.

Não sei por quanto tempo fiquei parada, olhando para aquela bola. Somente voltei a mim, ao sentir o rolar das lágrimas pela saudade daqueles que já partiram. Com ela em mãos, dirijo-me ao caixa de pagamento. Deixo a loja, cantarolando a canção "*I'll Be Home For Christmas*".

Retorno ao meu país um dia antes da véspera de Natal. Corro ao meu ateliê e preparo, eu mesma, os enfeites da árvore daquele ano.

Substituo todas as bolas por pequenas fotos de entes queridos que já partiram. Porém, ao pé da árvore, somente uma permanecerá: aquela que me fez sorrir e chorar.

O Natal é tudo isso: é a decoração, é a troca de presentes, é a ceia natalina e é, também, muito mais que tudo isso: é quando o coração dói pela ausência das pessoas queridas.

Antes da ceia, ao som de "*Joy to the World*", fecho os olhos e agradeço pela companhia daqueles ainda, aqui, presentes e, também, pela presença dos ausentes. Pois, acredito que continuamos conectados pelo coração.

OS 101 CAMELOS

— *Salaam Aleikum*[1] — disse o dono da loja de tecido.

— *Aleikum Essalam*[2] — elas responderam, quase ao mesmo tempo.

Latifah, acompanhada pela filha, caminhava vagarosamente pelo interior da loja, à procura dos tecidos com preços os mais generosos possíveis. *Maya* tinha em mente, além dos dois vestidos nas cores branco e verde, usar três outros, diferentes; no terceiro dia, durante a festa, quando em companhia dos convidados. O dia seria especial para ela.

Enquanto a mãe olhava os preços, *Maya* olhava a beleza, o brilho e os bordados. De vez em quando, *Latifah* encontrava *Maya* suspirando sobre os quais não poderiam adquirir. Sua mãe a olhava piedosamente, tocava gentilmente a mão da filha e repetia que não poderiam comprar.

1 É uma expressão árabe utilizada pelos muçulmanos como saudação. Significa: "que a paz esteja sobre vós".

2 É uma expressão árabe utilizada pelos muçulmanos como saudação. Significa: "que a paz esteja sobre vós".

Num descuido, seu delicado véu escorrega, deixando à mostra seu rosto. *Khalid*, o recém-contratado vendedor, ficou encantado com a beleza dela e, antes que *Maya* percebesse que ele a havia visto, disfarçou, procurando algo inexistente no chão. *Maya* rapidamente ajeita seu *niqab*[3] e retorna seus passos. Sem que ele esperasse, ela olha para trás e o vê, sorrindo, olhando para o alto, como quem pede a *Allah*[4] uma esposa tão bonita quanto ela.

— *Khalib, Khalib*, o que procura no alto? Onde anda com a cabeça? Ao final do expediente, corte e entregue na casa da cliente os tecidos escolhidos por ela.

Khalid aproveita a ausência de *Amin*, o dono da loja, e troca os tecidos. Ele escolhe os mais bonitos e os mais caros.

Depois de tudo embrulhado, resguardou para que todas as peças tivessem sido colocadas em seus corretos lugares de origem. Após, tomou o endereço nas mãos e seguiu para efetuar a entrega. Por causa dele, naquela noite, houve uma grande discussão na família. Seu *Hakim* dizia que elas o queriam enterrar cheio de dívidas, e elas se defendiam, dizendo que não haviam escolhido tais tecidos e que não haviam deixado nenhuma outra conta para ser paga no futuro.

Todos os cortes estavam exatamente nas medidas solicitadas, seu pai mediu tudo três vezes. "Pode ter havido uma troca de pedidos ou o entregador se equivocou e entregou na casa errada...", resmungava seu *Hakim*.

Maya, após seu pai ordenar que voltassem à loja para devolvê-los, zangou-se e, discordando dele, disse que era muita coincidência aquelas peças terem os tamanhos exatos aos que elas tinham comprado; e achava que não haveria mal nenhum em ficar com aquelas peças. Afinal, estava sendo obrigada a se casar mesmo — "Eu bem que poderia ter um pouco de felicidade nesse dia" — queixou-se.

3 É um véu que cobre o rosto e só revela os olhos, usado por algumas mulheres muçulmanas.

4 *Allah* - Palavra árabe para Deus.

— Mas isso não é o correto! — Retrucou *Hakim*, seu pai, que entrou furioso em seu quarto, sendo seguido pela esposa.

— Correto, *Hakim*, seria você aceitar sua falência e não vender nossa filha. Não vê que o sultão é um assassino!? Olha em que família você está colocando nossa filha...

— *Latifah*, a esposa dele o traiu! E ele me pediu para a matar. Eu era o servo dele... o que você queria que eu fizesse?! Mas foi *Allah* quem me salvou, porque ela, sozinha, morreu após o parto — disse, levando as mãos aos céus. — As minhas mãos estão limpas, *Latifah*, limpinhas — falou, agora olhando para elas.

— Voltaremos à loja. Mas se ninguém disser nada, ficaremos com os tecidos; caso contrário, diremos que o pacote foi imediatamente encaminhado para a costureira. E que nada sabemos.

Ao vê-las entrando na loja, *Khalid*, cuidadosamente, aproxima-se de *Maya* e, ainda que mantivesse uma certa distância, sussurrou para que ela e a mãe o ouvissem.

— Fui eu. Fui eu que fiz a troca. O Sr. *Amin* não suspeita de nada. Se vocês falarem, serei mandado embora.

Maya e a mãe disfarçam, escolhem algo insignificante, pagam e deixam o local.

Khalid, agora sabendo onde *Maya* morava, passou a vigiar diariamente a residência da família, quando, num certo dia, fora pego por Hakim.

— Mas o que você está fazendo olhando para minha... — o rapaz, pego de surpresa, assustou-se, virando-se para ele — Mas o que o senhor faz aqui... e nessas roupas... — questionou *Hakim*, o olhando de cima a baixo. Depois olhou para os lados, mandou que o rapaz entrasse no carro e partiram.

— De onde você vem e quem são seus pais? — bastante sério, perguntou *Hakim*.

— Eu venho e sou de muitos lugares. Minha mãe morreu no parto, não tenho pai, nem família alguma.

Hakim levou a mão à boca: "É muita coincidência!... não poderiam ser tão parecidos, se não fossem..." — pensou consigo mesmo.

Em seguida, contou a ele sobre *Malik*, o sultão, e também sobre o filho *Youssef*, até então filho único, e: — "Estou abismado com a semelhança entre você e *Youssef*".

— E onde posso encontrá-los? — perguntou *Khalid*.

— Ah, mas antes de falar com o sultão, temos que checar a data de nascimento, em que cidade nasceu e o nome de sua mãe... — disse *Hakim*, querendo ter certeza.

"Não pode ser! Mas eu deveria ter sido informado de que havia uma segunda criança..."

— Após o casamento de minha filha, eu o apresentarei ao sultão, o qual, agora, tenho certeza de que é seu pai. E você vai ficar rico, rico da noite para o dia, meu rapaz! Que sorte a sua! Filho do sultão... Quem diria!

Khalid o olhou com desprezo. Agora ele já tinha as informações que buscava: a data e o horário em que aconteceria aquele enlace matrimonial. Ele não concordava que *Hakim*, por dinheiro, forçasse a filha a se casar. Ele tinha que encontrar uma maneira de impedir aquele casamento.

Ainda que *Khalid* tivesse confessado ter sido ele o responsável pela troca dos tecidos bordados, que tanto encantaram *Maya*, *Hakim* não havia lhe contado toda a história sobre a família.

— Ah, os tecidos... então foi você...

Hakim logo percebeu que aquele homem estava interessado em sua filha e que poderia vir a estragar seus planos — "Eu não sei como o sultão e *Youssef* receberão essa notícia... eu tenho que mantê-lo afastado até o casamento de *Maya*" — pensou consigo mesmo.

Ele precisava garantir logo o futuro da filha, bem como sua recuperação financeira e, sobre o futuro de *Khalid*, nada poderia garantir. Talvez o sultão não visse problema algum..., mas *Youssef*... o filho único do sultão... até então; este dificilmente aceitaria dividir a riqueza com um praticamente desconhecido.

Não. *Hakim* tinha que evitar aquele encontro. Só não sabia como fazê-lo.

Maya somente conheceria seu futuro esposo no dia do casamento, o dia da troca de alianças, da cerimônia oficial, quando assumiriam o compromisso. Seu pai apenas disse que ela teria que se casar: "É pelo bem de todos", inflexível, falou. Tudo fora determinado e arranjado por ele, que não aceitou opinião nem mesmo da esposa *Latifah*.

Maya apenas sabia que ela seria a terceira esposa de alguém, mas ouviu seu pai desabafando com *Latifah*: "Agora você vê... ele disse que não quer ter uma terceira esposa, e que somente aceitou por uma boa ação. Pode isso? E com a nossa linda *Maya*..."

Malika e *Samia* — a primeira e a segunda esposas de seu futuro marido — convidaram-na para um chá. Tinham curiosidade em saber quem seria a escolhida. Conversaram sobre muitos assuntos, porém não falaram a respeito do marido, talvez porque *Maya* não teve interesse em saber. Queriam mesmo era conhecer *Maya*, ver sua aparência, conhecer sua personalidade, seus gostos. *Maya* se arrumou, vestiu suas melhores roupas, colocou acessórios, maquiou-se belamente e foi, em companhia de sua mãe. As outras esposas não eram muito mais velhas que ela e logo simpatizaram com aquela jovenzinha. Elas sabiam que o casamento até poderia ser a opção de uma mulher, porém escolher o marido, não.

E elas passaram toda a tarde no salão, tomando chá, comendo deliciosos biscoitos e dançando. *Maya* ganhou muitos presentes, entre roupas, acessórios, véus e logo quis experimentar o belíssimo traje de dança do ventre. Aproveitou e mostrou um pouco de seu dote em relação àquela arte.

Sem que elas tivessem percebido, o esposo, escondido, encontrava-se e, ainda oculto, em silêncio, permaneceu, e a observou dançando, enquanto ela mexia o corpo, em seus movimentos sensuais que o fascinaram.

Seriam três dias de festa: o primeiro celebrando o contrato de casamento e a troca de alianças; o segundo era dedicado à noiva — o dia das tatuagens de *henna* —; e o terceiro, a grande festa em companhia dos convidados.

Maya, com a ajuda das servas, vestiu sua *abaya*[5] branca, era um belíssimo tecido bordado com detalhes em ouro. Os outros vestidos, tradicionais de outras culturas, seriam usados no decorrer da festividade. Ela também ostentava algumas joias, muitas pulseiras e um colar de ouro.

Estava pensativa, talvez triste, ou talvez apreensiva, quando ouviu a porta se abrindo vagarosamente.

Assim que ela o viu, assustada, colocou a mão em frente ao rosto, a fim de que ele não a visse. Quando ameaçou gritar, ele, atrevido, adiantou-se e cobriu-lhe a boca.

De alguma forma, *Khalid* conseguiu entrar antes de todos, naquele primeiro dia: — Não case! Não case! — Ao perceber que ela se acalmara, aos poucos, tirou sua mão e a beijou.

Nesse momento, seus pais chegam ao palácio. *Hakim*, além de muito ansioso, estava bastante apreensivo. Era o primeiro dia, o dia em que o noivo pede ao pai da noiva permissão para se casar e, sendo aceita, comemoram bebendo o *sharbat*[6].

Depois que a viu dançar, bem como a sua beleza, *Youssef* agora se mostrava interessado na terceira esposa.

Hakim e *Latifah* chegaram com bastante antecedência — "Temos que ver nossa filha antes de todos. Tenho medo de que ela desista. Ela precisa entender que será justo para todos" — justificou-se *Hakim* à esposa. Precisavam estar com ela antes da chegada dos outros: do sultão, das outras esposas de seu futuro marido, sobretudo, antes de *Youssef*.

Hakim somente revelaria a existência do outro filho ao sultão, após a troca de alianças e após o *sharbat*.

"Os meus interesses primeiro" — pensou consigo.

Ao passarem pelo portão principal, avistaram seu futuro sogro, num impecável terno, e na cabeça: seu *keffiyeh*[7]. A ele acenaram, e continuaram caminhando em direção ao palácio. Assim que nele

5 É uma vestimenta tradicional usada por mulheres no mundo árabe.

6 É uma bebida preparada com pétalas de frutas ou flores.

7 É um lenço de cabeça tradicional usado na Arábia Saudita e em outros países do Oriente Médio.

entraram, os servos, em sinal de respeito, foram se curvando, abrindo passagem, conforme os passos deles.

— Senhor, a sua filha já se encontra à disposição para o início da cerimônia privada. As outras esposas serão encaminhadas a qualquer momento e, tão logo *Youssef* termine de se vestir, ele se dirigirá para aquele aposento — sussurrando, informou *Abdallah*, o porta-voz do sultão, transmitindo-lhes o recado, enquanto acompanhava os passos do casal.

— Em qual aposento se encontra minha filha? — perguntou *Hakim*, bastante alterado e fisicamente nervoso. *Abdallah* apontou para o andar superior: — "Lado direto, sétima porta, perpendicular ao corredor principal, após o quinto jarro de flores" — disse.

Hakim, bastante preocupado, dificilmente reteria a informação. Algo o perturbava seriamente: se ele tinha acabado de ver *Youssef* e, inclusive, tinha o cumprimentado, ainda que de longe, então seria impossível que ele, *Youssef*, já estivesse dentro do palácio e ainda se preparando para aquela cerimônia oficial do primeiro dia — "*Khalid*" — disse, cerrando os punhos. — "*Khalid* já está aqui e não respeitou nosso acordo" — disse, dando um soco no ar.

Youssef, vindo pelo outro lado do corredor, foi o primeiro, ou melhor, o segundo a chegar nos aposentos onde *Maya* se encontrava. Ao abrir a porta, espantou-se ao encontrá-la, sua futura esposa, naquele momento, abraçada a *Khalid*.

Maya não sabia que *Youssef* era seu noivo pretendente; o filho do sultão, e não o próprio sultão. Seu pai nada comentara. Talvez nem sua mãe soubesse. Aterrorizada, olhou para *Khalid*, depois voltou seu olhar para *Youssef* e, vagarosamente, tornou a olhar para *Khalid*. Sozinha, desamparada, sem saber o que fazer, ela se desvencilhou de seus braços e se distanciou dele, o máximo que pôde, olhando-o novamente de cima a baixo.

Maya colocou as mãos sobre a cabeça: "Meu pai... sua dívida... Não... não posso *Khalid*!... Tenho que me casar com *Youssef*" — pensou rapidamente consigo.

Nesse ínterim, o sultão entra e se espanta com o que vê.

Após as muitas portas de desengano, *Latifah* e *Hakim* chegam finalmente. Este, completamente sem fôlego, ainda não havia se dado conta da sua volta e, antes que dissesse qualquer coisa:

— *HAKIM*! — gritou o sultão — Poderia me explicar isso?

Youssef ameaçou dizer algo, porém recuou, assim que Hakim se manifestou.

— Senhor, humildemente, eu digo que não conseguiria explicar aquilo que descobri em tão pouco tempo. Estive tão cego quanto o senhor — disse encurvado.

Ao ver a expressão de felicidade do pai, caminhando em direção ao filho que não conhecia, *Youssef*, antes que o sultão se aproximasse de *Khalid*, saca sua adaga e esfaqueia o irmão pelas costas.

Todos gritaram horrorizados.

— Você não vai tomar meu trono! Não vai tomar tudo que um dia será meu — disse, enquanto golpeava *Khalid*.

Malik, ao ver o corpo de *Khalid* indo ao chão, após uma dor descomedida, põe a mão no peito, não resistindo e tendo um ataque cardíaco. Seu corpo caiu por cima do filho, até aquele dia, desconhecido.

— A minha filha não! — gritou *Latifah* — *Hakim*, não o deixe levar nossa *Maya*! — suplicou ao esposo.

— Saiam todos! — ordenou *Youssef* — Você fica! — disse, apontando para *Hakim*.

Quando todos saíram, *Youssef* propôs a *Hakim* 101 camelos em troca por *Maya*. Deu-lhe uma semana para que pensasse, e tinha certeza de que o pai da moça aceitaria. Tanto que, antes que deixassem aquele aposento, *Youssef* antecipou a *Hakim* todas as coordenadas onde deveria ser feita a troca: em algum lugar do deserto, onde seus camelos já estariam à espera dele.

Youssef havia colocado à disposição de *Hakim* seu servo *Faruk* que acompanharia *Hakim* e *Maya* até o local combinado. *Youssef* também cederia três outros servos para que ajudassem o pai de *Maya* na condução dos camelos.

Mas eles não contavam — e que foi, com certeza, uma grande surpresa — que *Khalid* não havia morrido e que fora socorrido e muito bem-cuidado. Ele, apesar da dor, aguentou-se firme sob o corpo do sultão, o pai que não chegou a conhecer, até que seus corpos tivessem sido retirados de dentro do palácio. E, uma vez do lado de fora, ele pensaria numa maneira de resgatar *Maya*.

No dia e no local combinados, *Khalid* já se encontrava escondido no deserto, por onde, muitas vezes, precisou atravessar, fugindo de perseguições.

Youssef, seu irmão gêmeo, descobriu a existência daquele irmão por acaso. Ele, durante um bom tempo, tentava descobrir quem, em seu nome, andava contraindo dívidas.

Khalid e *Youssef* eram tão parecidos que, em alguns determinados lugares, onde *Khalid* costumava parar para descansar, nada a ele era cobrado. Sempre diziam: "Enviaremos a conta depois".

Incomodado, *Youssef* incumbiu ao seu servo de confiança, *Faruk*, a missão de descobrir quem era essa pessoa que usava sua identidade. E num belo dia, *Faruk* finalmente voltou com novidades.

— Se ele pensa que um dia herdará qualquer coisa, está muito enganado! — esbravejou *Youssef*, bastante irado.

O sultão, pai dos gêmeos, desconhecia totalmente a existência daquele filho. E *Youssef* foi o primeiro a descobrir. Então, ordenou a *Faruk* que matasse o irmão. Seu servo o procurou por quase dez anos e não o encontrou. E, após todo esse tempo, acabaram o dando como morto.

Quando *Hakim*, *Maya* e *Youssef* se encontraram no local combinado, *Hakim* entregou *Maya* a *Youssef*, e este, agora de posse da jovem, ordenou aos outros servos que ajudassem *Hakim* na condução dos camelos, honrando sua palavra.

Eles já haviam se distanciado consideravelmente e, pelo tempo de deslocamento, talvez um quilômetro, ou um quilômetro e meio; quando, sem esperarem, foram pegos por uma tempestade de areia que os encobriu.

Aquela tempestade fora providencial. *Khalid*, sem que eles percebessem, havia se misturado entre os camelos; salvou *Maya*, tomou para si todos os camelos de Hakim e os deixou à própria sorte. E juntos seguiram para o *Castelo de Alamute*[8], que ouvira dizer ser uma grande fortaleza.

8 É uma fortaleza de montanha no atual Irã.

RETRATOS DO TEMPO

CAPÍTULO I

– Da Infância –

A bonequinha de cera com peruca de henê

— Padre, pode fazer mais perguntas! Já sei todo o conteúdo — disse ao sacerdote, após a aula teórica de catecismo para a Primeira Eucaristia.

Aquela saleta, onde ele costumava ficar sentado em sua poltrona preta de couro envelhecido, sempre após os cultos religiosos e após as aulas de catecismo, era um ambiente cercado por livros e imagens de santos por todos os lados. Era também um espaço mal iluminado, talvez devido à fumaça do incenso que dava a sensação de visão turva, mas, ao mesmo tempo, transmitia paz e serenidade, quiçá pelo aroma do olíbano utilizado durante as missas.

Após seu duvidoso e prolongado olhar para mim, novamente tomou de minhas mãos a cartilha que havia sido devolvida após minha terceira resposta correta. Não me lembro de quantas eram no total: cem perguntas, talvez?! Enquanto ele as fazia, seguindo a ordem das páginas do cronograma de estudo a pedido da catequista, ainda não muito convencido de que eu realmente já sabia tudo, resolveu pular para as páginas mais adiante. Escolhendo assim os mais difíceis questionamentos cujas respostas eram longas, muito longas.

Foi minha primeira sabatina da vida. Finalmente, deu-se por vencido ao fazer a última pergunta da cartilha, mas tão somente após ter realizado um número razoável, tentando me dissuadir de que eu ainda não estaria preparada.

Em seguida, deixei minha meiga professora de catequese, minha antiga turma e me juntei a outra, cuja Iniciação Cristã seria duas semanas após aquele episódio, fazendo com que minha mãe tivesse que se apressar na preparação da roupa.

Hoje, aos cinquenta e seis anos de idade, ratifico um dos defeitos que Deus já sabia existir em mim desde que eu me entendo por gente: a impaciência.

Acho que isso aconteceu quando eu tinha onze anos. Mas bem antes disso, eu já tinha meus questionamentos e alguns posicionamentos em relação à vida, ainda que timidamente. Porém, devido à minha pouca idade, ainda não sabia do que se eles tratavam com certeza.

Para falar sobre minha vida, seria imprescindível comentar sobre a vida de meus pais e de meus ancestrais. Mas pularei essa parte e irei direto para o assunto "O Cajueiro" — o principal motivo pelo qual a casa de minha infância foi comprada. Aquela decisão deixou minha mãe muito irritada, pois havia residências à venda logo no início da subida daquela ladeira. Mas aquele pé de caju, lá no topo da ladeira, fez toda a diferença para meu pai. Com o tempo, com as obras de melhoria na casa, com as viradas de massa de concreto no quintal, o cajueiro morreu. Depois de algum tempo, vieram outras frutas: manga, goiaba, banana, fruta-do-conde, mas a nossa moradia continuou lá no alto daquela ladeira.

— Camaleãozinho, *camaleozão*, joga esse dente fora e me traga outro bom.

Com a ajuda de meu irmão Ricardo, de costas, arremessei, em direção ao telhado, o dente de leite recém-tirado.

Sou a caçula de seis filhos: metade mulheres e metade homens. Foi uma infância de muita carência: algumas de comida, de roupas, de brinquedos, de lazer, de conversas, de entendimentos, de atenção, de tudo praticamente.

Acho que eu, desde muito nova, já demonstrava meu lado criativo. Na verdade, todos nós o possuíamos. Lembro-me de recortar as ilustrações que vinham nos sacos dos alimentos não perecíveis e de fixá-las nos revestimentos cor de rosa do banheiro. Eu achava que eles precisavam de vida. Não demorou muito para me dar conta da existência do sentimento "frustração". Eu o sentia todas as vezes em que alguém removia minha decoração.

Como não tínhamos muitos brinquedos, inventávamos nossas próprias brincadeiras. Meu irmão Ricardo e eu gostávamos de inventar histórias. Após um demorado debate, chegávamos num acordo acerca do tema. O danado ainda sabia desenhar muito bem e ilustrava suas histórias com tamanha perfeição. Também costumávamos fazer paródias. Mas não tínhamos ideia de que, naquela época, sem percebermos, já fazíamos literatura. Acho que, durante aquela infância humilde, ela me foi apresentada pela primeira vez. "Olá, eu sou a literatura. Você se lembrará desse momento daqui a alguns anos" — diria, caso pudesse. E assim, adormecida, permaneceu por muito tempo.

Ai, que saudades de minhas bonecas de papel, da caixa de sapato transformada em casinha de boneca e de toda a mobília que vinha das ilustrações nas folhas de propaganda dos jornais. Elas eram recortadas com muita delicadeza. Quando encontrava ilustrações coloridas nas raras revistas, seja de um sofá, seja de um armário, seja de uma mesa com cadeiras... Nossa! Era uma felicidade só.

Hoje eu tenho plena consciência do poder da mente.

Meu carro de faz de conta possuía uma roda somente. Ele era a peneira usada para separar as pedras da areia. Pertencia ao pedreiro que ajudava no aumento da casa. Naquele mundo de imaginação, eu já enviava ao universo meus primeiros desejos: *uma casa* e um *carro.*

— Sorria! — Pedia minha mãe, todas as vezes em que tentava, a todo custo, tirar fotografias minhas sorridente — Mostre os dentinhos, pelo menos! — Insistia, ainda esperançosa.

Eu não sabia por qual motivo, mas nunca fazia questão de sorrir. Sempre fui uma pessoa séria desde criança. Também trago no olhar uma inquietação que sempre me faz questionar sobre o verdadeiro significado da vida.

Chorei e não me perdoei pelo recém-comprado pinto esquecido debaixo de um balde e da linha que prendi em uma das patas do pato, com a intenção de fazê-lo caminhar ao meu lado. O pinto morreu de insolação e o pato precisou ir para a panela, pois sua pata estava pendurada por um triz. Não servem como desculpas, porém, foram ações de uma pessoa que não consegue fazer uma coisa de cada vez até mesmo nos dias de hoje.

Em um dos encontros com a família, deixei escapar algumas queixas de infância:

— A senhora nunca ouvia os dois lados da história. Sempre acabava batendo em quem não tinha culpa pela bagunça. Não havia justiça lá em casa — disse à minha mãe, tomando, logo em seguida e rapidamente, um gole do refrigerante para ajudar na descida daquelas palavras amargas.

— Eu tinha muitas obrigações do lar e não tinha tempo para ficar ouvindo queixas — falou minha mãe. — Era só eu para lavar as roupas, cozinhar e costurar para oito pessoas. Além de muitas outras tarefas que me ocupavam todo o dia — defendeu-se ela.

— Também não me lembro de ninguém conversando comigo — eu disse, continuando com minha insana insistência. — Houve uma vez, no tempo em que não havia o muro divisório com os terrenos ao lado, em que eu me escondi no quintal da vizinha. Agachada, fiquei esperando por muitas horas. Queria saber quanto tempo levariam para darem por falta de mim. E foi somente ao anoitecer que ouvi o meu nome ser chamado.

Silêncio.

A carência de atenção que eu sentia durante minha infância me fez pensar em cometer suicídio numa certa ocasião.

— E se eu dissesse que, quando criança, tentei me matar? A senhora acreditaria?

— Você?! — Surpreso, perguntou Rogério, meu irmão, o único dos rapazes ainda vivo.

— Mas quando foi isso? — Aterrorizada, perguntou minha mãe logo em seguida.

— Sei lá que idade eu tinha. Eu só sei que queria morrer logo. Achava que, por ser ruim, se eu bebesse vinagre todos os dias, abreviaria minha vida. No início, comecei com uma colher de café, depois passou para a de chá. Achei que, para fazer efeito mesmo, deveria utilizar a de sopa. Quando percebi, estava tomando quase a metade de um copo — disse. Não me contive e caí na gargalhada após aquela declaração. Todos acabamos rindo muito.

Não sei por que decidi desenterrar aqueles velhos assuntos naquele dia. Observadora desde sempre, percebi a tristeza no rosto de minha mãe e me questionei se valia a pena relembrar certos momentos do passado.

Solidão, tristeza, arrependimento, crueldade, impaciência, rancor... A lista de sentimentos crescia concomitantemente aumentava a de minhas fraquezas.

A época de Natal era a mais deliciosa de todas. Até mesmo que a das férias escolares. Não sei se por causa das boas vibrações que aquele período emanava ou se pela expectativa de ganhar presentes, mesmo sabendo que eram escassos. Como era bom decorar a velha árvore de Natal com aquelas antigas bolas de vidro e colocar o algodão simulando a neve. Hoje acho graça de nossa ingenuidade, principalmente depois de saber como é a textura da neve de verdade e por aqui setratar de um país tropical.

Tínhamos Natais sem ceia natalina e outros com. Sempre nessa data, os únicos presentes recebidos eram os que vinham da empresa onde meu pai trabalhava. Nós os recebíamos até completarmos dez anos de idade. Presentes de aniversário, não me lembro de ter ganhado algum. Minto, troquei minha festa de quinze anos por uma pulseira, um par de brincos e um anel de ouro. Tudo muito simples.

Mas o bom mesmo era correr atrás de doces no Dia de São Cosme e de São Damião. Os únicos com idade para pegá-los eram meu irmão Ricardo, meu eterno companheiro, e eu. Os demais já eram adolescentes. Nossa! Enchíamos caixas e mais caixas com sacos de doces. Ver as crianças, nos dias de hoje, andando com suas mochilas e sacolas vazias me deixa muito triste. Todos os anos digo para mim:

"Preciso me organizar para dar doces no ano seguinte. Os meus saquinhos serão tão cheios, mas tão cheios que a criança precisará segurá-lo, firmemente, com ambas as mãos".

Estendendo um pouco mais o assunto sobre São Cosme e São Damião, devo mencionar o doce de mesa na casa de seu Marreta, situada na Quadra Vinte e Cinco. Não gostávamos muito quando o doce era oferecido na mesa. Tomava muito de nosso tempo. Mas havia criança que não se importava. E seu Marreta, já idoso naquele tempo (Que Deus o tenha!), adorava ter toda aquela criançada dentro de sua casa.

Mas meu irmão e eu queríamos pegar mais doces. Nem comíamos tudo. Acabávamos dando para outras pessoas. Pegávamos pelo simples prazer de pegar.

Era muito divertido. Nós éramos muito peraltas, pois, não satisfeitos em correr apenas atrás daqueles famosos saquinhos, fazíamos fila de mentira em frente às casas que não costumavam dar doces. Depois saíamos de fininho e ficávamos observando de longe, achando graça da dona de casa tentando convencer as crianças — que não queriam arredar os pés porque acreditavam que haveria, sim, distribuição ali — de que aquela residência não tinha por hábito aquele costume.

Assim como também era desafiador fazer com que as nossas vozes sobressaíssem dentre tantas outras que pleiteavam a mesma coisa:

— Moça, eu não ganhei! Eu, moça! Eu, aqui, moça! Eu! Eu! Aqui! Aqui!

Neste exato momento em que escrevo essas linhas, olho para o passado com saudosismo e vejo uma das filhas de seu Marreta voltando às pressas pela rua com um saco de milho na mão.

Relembro seu desespero ao ver boa parte das crianças se esvair:

— Voltem, crianças! Ainda tem a pipoca — clamava, tristemente.

Decepção.

Mais uma palavra para entrar na minha lista. Conviverei com ela durante todas as fases de minha vida.

Olho-me agora no presente e fico desapontada comigo mesma. "Você podia ter esperado pela pipoca." É a Káthia adulta tentando repreender a Káthia criança. Hoje, não penso mais como pensava antigamente. Procuro esforçar-me para ser diferente.

Seu Luís era um senhor idoso que gostava do Jogo de Damas. Tinha três filhos e uma filha cujo coração era maior que ela. Naquela época, ele já estava aposentado. Seus filhos eram todos já adultos e, devido ao corre-corre diário da vida, não tinham tempo para dar atenção ao pai.

Um certo dia, essa filha de coração grande pediu permissão à minha mãe para me levar a sua casa, com a intenção de que eu distraísse seu pai com aquele jogo. Apenas por algumas horas. E lá fui eu. Na primeira partida, venci. Fiquei feliz da vida por ter ganhado de um adulto.

— Ela me ganhou! Ela me ganhou! — repetia, seu Luís, ainda incrédulo. Sua filha me deu um sorriso de parabéns e, logo em seguida, pôs ao meu lado um sanduíche. Quando se aproximou com um copo de suco, cochichou em meu ouvido, enquanto seu pai recolocava as peças para reiniciar a partida:

— Ele gosta de ganhar — disse-me bem baixinho.

— Ganhei! Ganhei! Minha filha, eu ganhei! — bradava ele, feliz da vida.

— Eu só ganhei na primeira partida porque o senhor estava desatento. Tá vendo como eu não jogo bem, Seu Luís?! — disse a ele, enquanto recolocava minhas pedras no tabuleiro.

Lição de vida: Perder também é ganhar. Ver a felicidade das pessoas não tem preço.

— Não leia tudo de uma vez! — pedia minha mãe, quando comprava um novo gibi para mim.

Meu Deus, como aquela leitura era cara! Difícil de ter e mais difícil ainda era atender àquela solicitação. Não resistia e acabava lendo e relendo um milhão de vezes.

Numa de nossas caminhadas, aparentemente sem destino, pelas redondezas da Quadra Vinte e Cinco, meu irmão Ricardo e eu encontramos, misturado ao lixo, um monte de exemplares de gibis que haviam sido jogados fora: da Luluzinha, da Bolota, do Popeye, do Riquinho, Almanaques da Disney, entre muitos outros. Lembro-me dele cutucando com uma vara e pegando um por um, limpando suas capas com a mão e me dando para segurar. Com sorrisos de orelha a orelha, voltamos para casa com um valiosíssimo tesouro em mãos.

Nem tudo era flores e nem todos eram bons.

Algumas pessoas tinham o prazer em ser do mal.

Tinha meus cabelos curtos e cacheados que sempre estavam despenteados. Usava diariamente um short e uma camisa de gola alta, afinal, vivia subindo em cima de um muro, em cima da mangueira e da goiabeira. Naquela época, para mim, a fruta não podia estar nem um tiquinho amassada. Eu tinha que a tirar do pé, com todo o cuidado, procurando não a deixar cair no chão.

É engraçado como os tempos mudam. Atualmente, retiro a parte podre dela e como o lado que ainda está bom.

— Mãe, "fulana de tal" me parou na rua e perguntou se eu era menino ou menina — disse para minha mãe, que, muito chateada, orientou-me o que dizer àquela "fulana de tal" numa próxima oportunidade: — Diga a ela que você é tão menino quanto ela é.

Foi o primeiro bullying que sofri.

Mas a vida dá muitas voltas. Voltas inteiras. Nada como o tempo.

Confesso que eu não era uma estudante exemplar. Estudava o suficiente para não repetir o ano letivo, sem deixar de brincar todos os dias, é claro.

Mas num belo ano, as coisas não saíram conforme planejadas. Eu precisava conseguir, pelo menos, uma nota oito em matemática.

Para quem, desde o início do ano letivo, vinha tropeçando em pontuações inferiores à nota cinco naquela disciplina, querer tirar uma nota superior a sete na prova final seria uma missão impossível.

— Valéria, me salve! Eu vou repetir de ano em matemática se não tirar uma nota oito na prova final — implorei à minha irmã, tão logo ela pôs os pés em casa.

— Você não presta atenção nas explicações da professora, não? Na minha época, não tinha ninguém para me ajudar. Eu precisei estudar sozinha — ainda esbravejando, continuou. — Que parte da matéria você não entendeu? — Perguntou-me, após seu longo sermão.

Timidamente, abri o livro e comecei a apontar as questões.

— Esta aqui — disse. Ainda na mesma página, sinalizei a próxima dúvida — Esta também. Virei a página e voltei a enumerar.

— Este exercício e este outro também — apontei-os e fui para a página seguinte. — Isto também — disse, fazendo menção em virar mais uma vez a folha.

Quando ela viu que as dúvidas eram muitas:

— O livro todo?! — gritou indignada. — Pega folhas de papel e preste atenção, pois vou explicar somente uma vez! Depois, faça e refaça os exercícios dez vezes!

No dia da entrega do resultado, os inteligentes da classe brigavam entre si, dizendo que a única nota máxima daquele exame havia sido obtida por alguém do grupo deles. Quando a professora pronunciou meu nome, se nem eu acreditei, imagina eles. Notei a incredulidade daquelas pessoas, quando o teste fora arrancado de minhas mãos.

Foi um ato de desespero, em busca da constatação através de seus próprios olhos. A prova estava limpinha. Com uma única anotação da professora: "Parabéns!". Meus colegas de turma, ao invés de me felicitarem, olharam-me com desdém ao mesmo tempo em que encolhiam seus ombros, numa resposta oculta: "Ninguém se importa com você".

Todo mundo é capaz. Basta querer.

Continuo dizendo que a vida dá muitas voltas.

RETRATOS DO TEMPO

CAPÍTULO II

— Da Adolescência —

Porto Solidão

Antes de eu abordar essa fase, gostaria de comentar um episódio ocorrido quando ainda me encontrava no Ensino Fundamental — antigo Primeiro Grau.

Depois da bronca de minha irmã, passei a ter mais atenção com meus estudos. Dediquei mais tempo à leitura dos assuntos abordados em aulas anteriores, bem como a estudá-los com antecedência.

Tão logo a professora de história entrou na sala:

— Fechem os livros! Prova oral hoje! — disse, seriamente, enquanto se virava para a lousa, na intenção de apagar os resquícios da matéria deixados pelo professor anterior.

Enquanto ela estava de costas para a turma, os cadernos e os livros foram sendo fechados. Porém, era possível ouvir algumas páginas sendo viradas apressadamente. Seria alguém tentando estudar naqueles segundos finais ou talvez estivesse querendo refrescar a memória tão somente?

O assunto daquele teste, sinceramente, não me lembro com certeza.

A professora, de frente para a turma, com seu livro aberto em mãos e com um olhar de caçador, buscava por sua presa. Naquele momento, o clima ficou tenso e as cabeças começaram a se esconder, inclusive a minha. Todas unidas, num movimento sincronizado, num bailar para lá e para cá, quando, de repente, abriu-se uma clareira entre elas. E lá estava eu, na mira do olhar da educadora.

Mal consegui terminar a frase: — Ai, meu Deus!

E lá estava ele, o dedo da mestra, apontado para mim. A pergunta fora feita e respondida corretamente. Ganhei confiança.

Quando os outros estudantes não sabiam as respostas das perguntas seguintes, e eu, na certeza de que as sabia, timidamente, levantava o braço, candidatando-me para respondê-las. Já tinha contabilizado três questões respondidas corretamente. Após a quarta pergunta feita, a professora, vendo meu olhar de aflição:

— Você não! Você não responde mais nada! — ordenou-me.

"Graças a Deus!" "Não sei a resposta dessa questão mesmo" — pensei comigo. E assim se encerrou meu dia de fama.

Preciso confessar uma coisa: assim que entrei na adolescência, comportei-me com muita rebeldia. Contudo, a minha revelia consistia tão somente em querer viajar pelo mundo para conhecer aqueles lugares que eu via nos cartões de Natal que meu pai ganhava. E, caso existissem de fato, gostaria de visitá-los algum dia.

Mas tudo que eu tinha era uma bicicleta velha.

Viajar de avião era algo inviável para a minha família. Por esse motivo, eu vivia sempre revoltada com aquela falta de perspectiva em minha vida. Porém, aquele desejo sempre se fazia presente no meu coração, principalmente quando eu sentia uma enorme vontade de pegar minha bicicleta e sair pedalando por esse mundo afora.

Nessa época, eu tinha que me contentar com os passeios feitos durante as férias e sempre ao sítio encantado de minha avó Marietta.

Se eu pudesse voltar no tempo, gostaria de ter sido a Narizinho do "Sítio do Pica-Pau Amarelo". O sítio de minha avó era muito parecido com o de Dona Benta, excetuando a casa: a da minha avó era bem simples e pequena. Entretanto, toda aquela fauna e flora no sítio de vovó Marietta não era tão diferente daquela que havia no de Monteiro Lobato.

Como era o único passeio da família, minha mala de viagem era feita e refeita várias vezes em todos os dias que antecederiam aquela viagem. Era um tira e bota, um bota e tira.

Quando chegávamos na estação das barcas, nossa mãe nos dava alguns trocados para que cada um tivesse sua leitura durante aquela travessia. Todos corriam em diferentes direções, tentando encontrar um livreto de acordo com o valor que tínhamos em mãos.

Ao chegar na Praça XV, também conhecida por Praça XV de Novembro, caminhávamos até a Central do Brasil, onde tomávamos o trem com destino a Campo Grande. Os vendedores ambulantes, daquele transporte público, vendiam um outro tipo de literatura: romance de faroeste. Leitura que atendia a um público mais adulto.

A disputa pela melhor cama começava quando, finalmente, chegávamos ao sítio. Ela era disputada tão logo entrássemos na casa. Sentíamos vencedores mesmo não ganhando, pois, restando-nos as esteiras, disputar um pedaço daquele saudoso chão, ao anoitecer, também era muito bom.

Após as disputas iniciais, minha euforia era tão grande que eu não me continha. Numa certa ocasião, ao abrir a mala, feita e refeita por mim diversas vezes, minha exaltação foi da alegria à tristeza ao ver minha bagagem totalmente vazia. Foi quando eu, desgraçadamente, dei-me conta de que tinha esquecido o saco com as calcinhas.

A ideia de conhecer o mundo distanciava-se cada vez mais. E antes que eu perdesse a fé, novos ares vieram com a proposta de dias melhores. Minha família e eu nos mudamos para Jacarepaguá, um dos bairros do Rio de Janeiro. Assim, atravessamos a Baía de Guanabara com alguns dos nossos pertences.

Deixamos nossa grande casa cujo quintal era bem generoso, bem como nossos cachorros com Ronaldo, meu irmão mais velho — naquela época, recém-casado —, e fomos para um "apertamento".

— Levem somente o que for essencial! — solicitação de minha mãe.

Longe de mim tentar descrever como seria a sensação de estar fugindo de uma guerra, quando carregar somente o imprescindível seria a recomendação. Sendo assim, precisei deixar para trás parte de meu tesouro sentimental: uma caixa com o álbum mais completo das vitórias do meu time de futebol, montado caprichosamente durante o tempo em que acompanhei todas as partidas dos campeonatos, os livrinhos de história feitos por meu irmão e eu, os lindos cartões de Natal que meu pai ganhava de seus clientes, a cômoda de madeira e o berço de plástico cujas grades eram na cor rosa e seu colchão, azul (os dois últimos presentes ganhados da empresa na qual meu pai trabalhava).

E lá fomos nós, uma família de sete pessoas, para um apartamento de dois quartos, uma sala, uma cozinha, um banheiro, dependências de empregada e uma pequena varanda.

Nem tudo era flores e nem todos eram bons.

Foi minha irmã Rosângela quem me incentivou a estudar a língua inglesa:

— No futuro, para você conseguir um emprego, será necessário saber falar o inglês — disse essa pessoa que sempre foi muito à frente de seu tempo em relação aos estudos.

Isso aconteceu no ano de 1980. Na época, eu tinha treze anos. E lá fui eu estudar no curso mais barato que existia. Também fui incentivada por ela a solicitar, junto à Fundação Casa dos Estudantes do Brasil, endereços de jovens de diferentes países, pessoas com as quais comecei a trocar cartas escritas em inglês. Não sabia muito. Escrevia errado, mas escrevia.

E as correspondências passaram a chegar de diferentes continentes.

A quantidade aumentava, bem como as verrugas que nasceram de simples pintas no meu rosto e pescoço. Aquelas parecidas com as das bruxas de histórias infantis.

Tenho uma confissão: não fui, e acho que ainda continuo não sendo, uma pessoa de muitos amigos.

Algumas coisas insistem em permanecer na memória. Não as guardo por ressentimentos, mas tão somente para lembrar minha superação, minha força de vontade e minha capacidade de resiliência diante de todas as adversidades da vida, diante de todos aqueles que, talvez, fizeram seus julgamentos baseados na minha aparência e na minha origem.

— Nossa, que garota feia! Você viu aquelas verrugas enormes? — A porta do elevador, em seu lento fechamento, "mancomunada" com aquelas lindas meninas, permitiu que eu ouvisse aquele comentário, mesmo após ter dado meu terceiro ou quarto passo em direção à portaria.

Eram novos ares. As pessoas, os conflitos, as dificuldades eram diferentes também. Num dia cinza, meu pai passou mal, caiu e bateu sua cabeça na porta de entrada da empresa em que trabalhava.

— Ele tem um aneurisma cerebral — disse o médico. — É uma dilatação anormal de uma artéria. Precisará ser operado o mais rápido possível — complementou.

Foi um corre-corre e eu, prestes a completar dezesseis anos, tentava entender aquele momento. No dia marcado para a cirurgia, enquanto o maqueiro transportava meu pai para o centro cirúrgico, o corpo de uma mulher retornava dele, pois os médicos não conseguiram fazer a cirurgia a tempo. O aneurisma dela havia se rompido, causando uma hemorragia, ceifando sua vida.

Meu pai precisou realizar duas cirurgias. A segunda fora para reparar algo que havia dado errado na primeira. De qualquer forma, os médicos deram a ele mais cinco anos de vida somente. Quando aquilo aconteceu, sua idade era de cinquenta e cinco anos. Indo de encontro aos prognósticos médicos, meu pai viveu até os noventa anos.

Talvez aquele tempo de sobrevida tenha sido uma providência divina. Foi durante aquele período que pudemos repensar sobre a vida e sobre a família sob outros pontos de vista.

Naquela época, as contas venciam, as mensalidades do condomínio venciam, as velhas necessidades voltaram e sofremos muitas hostilidades. Eu já tinha completado meus dezesseis anos, quando meu pai se aposentou por invalidez, e parte da família precisou retornar para São Gonçalo. Minha irmã Valéria, meu irmão Ricardo e eu permanecemos no apartamento o tempo suficiente para que concluíssemos nossos estudos e atividades em andamento. Depois, voltamos novamente para o outro lado da Baía de Guanabara.

No meio do trajeto daquela travessia, precisei soltar a mão dos "novos ares", mas tampouco me permiti ser abraçada pelos antigos.

Aos dezessete anos, enquanto muitos da minha idade seguiam para as universidades, eu já fazia, com muita frequência, a travessia daquela Baía em busca de um emprego. Precisava entrar no mercado de trabalho.

Até hoje me lembro de minha primeira experiência na busca por um lugar ao sol. Tão logo acabei de preencher o formulário, fui chamada pela entrevistadora.

— Estou vendo em sua ficha que você possui o segundo grau completo, curso de datilografia, curso de secretariado e noções de inglês — disse a simpática senhora, questionando-me logo em seguida: — Mas por que você marcou uma vaga de serviços gerais como opção? — disse e aguardou pela resposta que veio. — Minha filha, esse tipo de serviço é para aqueles que, por algum motivo, não puderam completar seus estudos. Você pode se candidatar a um cargo de auxiliar de escritório, ao de secretária júnior ou de recepcionista — orientou-me, ao mesmo tempo em que ela mesma incluía aquelas informações e excluía a que julgava incorreta no meu formulário.

A primeira ocupação de meu pai na empresa onde se aposentou como supervisor de vendas foi fazendo serviços gerais. Então, talvez tenha sido por esse motivo que eu fiz aquela opção. Talvez aquela minha humildade inicial em aceitar qualquer ocupação proporcionou-me grandes conquistas no futuro. Acredito muito nisso.

Meu primeiro emprego foi temporário. Contrato de um mês apenas.

— Você irá cobrir as férias de outra recepcionista — disseram-me no primeiro dia de trabalho. Porém, no derradeiro, ao notar a tristeza em meu rosto:

— Nenhuma recepcionista fica além de um mês. É para não terem que assinar a carteira de trabalho — disse-me, discretamente, um funcionário.

No segundo emprego, trabalhei por seis meses. Por mais que trabalhasse bem, a dona do estabelecimento não quis assinar minha carteira.

No terceiro, conquistei o tão sonhado registro, ainda logo no primeiro mês. Confesso que foi muito boa aquela sensação de pertencimento. Mas eu não ficaria nele por muito tempo também.

Sempre na volta do trabalho, durante a travessia da Baía de Guanabara, quase que exatamente no meio daquele trajeto, despedia-me dos novos ares e retornava para os antigos.

[...]
"Rimas de ventos e velas
Vida que vem e que vai
A solidão que fica e entra
Me arremessando contra o cais."
[...]

Volto um pouco no tempo para falar sobre meu primeiro namoradinho.

Tudo começou descontraidamente. Eu aproveitava meus conhecimentos na língua inglesa e ensinava o que eu havia aprendido a um adolescente. Eu nem tinha pretensão de namorá-lo, porém, a curiosidade em saber como seria um beijo me traiu. Fui pega em flagrante por minha irmã, minha grande incentivadora em meus estudos. Ela me delatou para nossa mãe.

— Namorado somente após os dezoito anos! — disse minha mãe, ao descer no playground, dando-me um beliscão além daquela bronca na frente daquele que não era meu namorado, mas que passou a ser, e ainda ganhou o direito ao prefixo "ex".

Vida que segue.

Depois daquele tragicômico episódio, minha irmã Valéria proporcionou-me duas das muitas surpresas maravilhosas que tive em minha vida até os dias atuais: um médico, amigo dela, havia se oferecido para remover minhas enormes verrugas. "Que rapaz bondoso aquele!" — pensei comigo. E a outra aconteceu durante um intervalo entre as apresentações que iriam ao ar na extinta emissora de televisão brasileira — TV Tupi Rio de Janeiro — para a qual, na década de 80, minha irmã doou seu colete Milwaukee, após curar-se de um problema de coluna.

Após aquele feito, por dois meses e sem nenhum vínculo trabalhista, como forma de agradecimento pela ajuda que recebeu para curar-se daquele problema de saúde, ela auxiliou a referida emissora na triagem das reportagens que iriam ao ar.

Num determinado dia, Valéria havia me levado para que eu assistisse a uma programação ao vivo. Eu estava sentada na plateia, quietinha, adorando aquela maravilhosa experiência, quando ela me chamou para ir aos bastidores atrás do palco. Assim que chegamos lá, minha irmã fez sinal para alguém que logo se aproximou.

— Jessé, essa é minha irmã Káthia e ela é apaixonada por você — disse ao cantor.

Eu não sabia onde enfiar minha cara naquela hora. Lembro-me perfeitamente de seu sorriso, achando graça de minha timidez.

Nesse momento em que me recordo dessa passagem, ouço sua música "Porto Solidão" no YouTube. De todas, é a minha preferida.

Posso afirmar que a sensação daquele abraço afetuoso de Jessé Florentino Santos, conhecido apenas por Jessé, por quem nutria um amor platônico, ainda permanece em meu coração.

"Se um veleiro
Repousasse
Na palma da minha mão,
Sopraria com sentimento
E deixaria seguir sempre
Rumo ao meu coração."
[...]
Canção "Porto Solidão" de Jessé.

RETRATOS DO TEMPO

CAPÍTULO III

— Da Juventude —

Mulher Bonita não Paga

Numa bela sexta-feira à noite, meu irmão Ricardo estava folheando as ofertas de emprego nas páginas de classificados do jornal, quando um anúncio lhe chamou a atenção.

— Olha essa propaganda! Você fala inglês. Por que não vai lá?

Tomei-lhe das mãos aquela parte do periódico. Quando li, achei graça.

— Isso não é para mim, não! — disse, devolvendo-lhe a folha.

Não me lembro de sua reação. Talvez tenha ficado decepcionado. Ele era um rapaz muito batalhador. Corria atrás de todas as oportunidades e tentava, a todo custo, vencer na vida. Talvez se ele tivesse o mesmo conhecimento que eu tinha naquele idioma estrangeiro, teria se candidatado a uma vaga.

A mente tem poderes. O universo nos escuta e nos observa o tempo todo.

Numa segunda-feira, durante o horário de almoço, minha irmã Rosângela, que também trabalhava no centro da cidade, fez-me uma visita na empresa onde eu atuava como recepcionista. Sua intenção era de me levar ao Bairro da Urca, na antiga sede da extinta Viação

Aérea Rio-Grandense, mais conhecida como Varig, a maior empresa aérea da América do Sul e uma das melhores do mundo, durante o período em que atuou naquele mercado.

— Vamos lá na Varig pegar uma senha para sermos comissárias de bordo — intimou-me.

Participar daquele processo de seleção não estava em meus planos. Aliás, ser comissária de bordo era o sonho dela, não meu. Eu mesma não sonhava em ter uma determinada profissão, seja ela qual fosse.

Ter um emprego qualquer já me bastava. Tudo aquilo que eu fui, os lugares onde já trabalhei e as atividades que desenvolvo concomitantemente à minha profissão no momento, posso dizer que não foram ações sonhadas ou planejadas, salvo meu emprego atual. Esse, sim, eu tinha a intenção de conquistar. Algumas coisas foram simplesmente acontecendo. Seria obra do acaso ou determinismo — quando meu futuro já estaria escrito?

Preciso revelar um sonho muito intrigante que tive na infância. Um sonho sonhado de olhos fechados. Ele foi o motivo de mais um bullying à minha pessoa, mascarado por uma zoação, ocorrido na aula de artes, quando cursava a quinta série do primeiro grau.

— Numa folha, desenhem o que gostariam de ser no futuro — pediu o professor daquela disciplina.

Como nunca havia pensado a respeito daquele assunto, lembrei-me de um de meus sonhos noturnos: as minhas "viagens" que sempre me fizeram sentir viva e confiante.

Há mais mistérios entre o céu e a terra do que a vã filosofia dos homens possa imaginar, já dizia William Shakespeare.

Sonhei que estava dentro de uma cápsula espacial e, de dentro de pequenos compartimentos cujas portas eram de cor alaranjada, eu retirava comida e bebidas e dava para as pessoas. Então, a pedido do professor, fiz meu desenho: um céu cheio de estrelas, pois me lembro de tê-las visto em abundância naquele sonho. A minha ilustração deu o que falar, o que escutar, o que rir e o que gargalhar:

— Ela quer ser astronauta — disse um dos meninos.

E se fosse o caso... eu não poderia sonhar? Ainda bem que eu não nutria expectativas em ser nada especificamente.

Minha irmã desistiu daquele processo seletivo por razões pessoais.

Eu decidi seguir em frente com as entrevistas. Fui passando nos testes, pelas entrevistas e fui me classificando para as etapas seguintes. Quando já estava perto do final daquele processo seletivo, precisei aprender, às pressas, como desenhar a figura de um homem e de uma mulher. Havia um murmurinho de que essas ilustrações seriam exigidas no teste psicotécnico antes da entrevista final com um psicólogo.

— Rogério, me ensine a desenhar! — pedi ajuda ao meu irmão, hoje, um artista plástico maravilhoso.

Dito e feito. Haveria a necessidade de fazer aqueles desenhos. Acho que consegui me sair muito bem, afinal, conquistei uma das vagas.

O próximo passo seria o curso preparatório de formação de comissários de bordo, que seria realizado na sede da empresa. E chegou a hora em que eu teria que solicitar minha demissão do emprego anterior, faltando um mês para completar um ano naquela empresa.

Na minha concepção, "pedir demissão" era somente em casos de já ter um outro emprego em vista.

Agradeci imensamente pela oportunidade. Expliquei que aquela nova experiência me daria a chance de praticar os idiomas estrangeiros estudados. Naquela época, incentivada por minha irmã Rosângela, estudava a língua francesa, a alemã e a italiana.

No mesmo dia em que recebi o telegrama da Varig confirmando minha aprovação, também veio de uma famosa joalheria — até os dias atuais — uma proposta de emprego. Fiz questão de ir pessoalmente àquela loja dourada para agradecer. Os mesmos motivos pelos quais deixei minha posição de recepcionista foram apresentados àquela conhecida loja de joias.

Sempre na volta daquele curso de formação, e antes de seguir para a Praça XV, a fim de tomar a barca para Niterói, eu tomava um caminho que me possibilitava apreciar os aviões estacionados na pista do Aeroporto Santos Dumont. Naquele tempo eram os turboélices

L-188 Electra, de fabricação norte-americana. Eu os admirava por intermináveis minutos, ainda não acreditando que tudo aquilo poderia se tornar realidade.

Tudo aquilo que desejar tem que vir do coração. O querer, quando é verdadeiro, consegue ser maior que o nosso próprio ser.

Lembram-se daquela minha fase rebelde na adolescência — aquele desejo de sair pedalando por esse mundo afora? Pois é. Deus foi tão generoso... Permitiu que eu conhecesse parte do mundo. Não de bicicleta, mas de avião. O que foi muito mais rápido.

O curso de formação de comissários era muito intenso. Era aula num dia e prova no dia seguinte. Eu chegava sempre muito cansada em casa. Não tinha forças nem para cuidar dos meus cabelos ondulados que, num determinado momento, precisei tomar uma decisão difícil: resolvi alisá-los novamente. Após este feito, meu pai o escovava diariamente enquanto eu estudava para o exame do dia seguinte.

Chegou o dia em que faríamos a primeira visita à aeronave. Assim que cheguei na "galley", a cozinha do avião, como muitos gostam de chamar, estarrecida, parei de frente para ela. Meus colegas que estavam atrás de mim, numa fila indiana, também aguardando a vez para conhecê-la, não entenderam o motivo pelo qual eu havia empacado.

Aquele ambiente era composto por diversos compartimentos cujas portas eram todas numeradas e de cor alaranjada. O que havia dentro deles? Bebidas, comidas, além de material de limpeza, copos, xícaras, entre outras coisas.

Exatamente como no sonho que eu tive aos dez anos de idade: "Compartimentos de cor alaranjada, de onde eu retirava comida e bebida e dava para as pessoas".

Devem estar curiosos para saberem o porquê da escolha do título "Bonequinha de Cera com Peruca de Henê" no primeiro capítulo, não?

Quando tinha por volta de onze anos, minha mãe decidiu, por conta própria, alisar meus cabelos. Cuidar de fios ondulados dava muito trabalho, além de exigir muito tempo e muita paciência.

De todos os filhos, eu sou a única cuja cor de pele é mais clara. Olhando cuidadosamente para minha fisionomia, perceberão que tenho um dos meus pés na África. Em meus textos, havendo oportunidade, estarei sempre enaltecendo esse continente de onde, com certeza, vieram meus ancestrais por parte de pai.

Num belo dia, após o resultado da primeira aplicação de henê em meus cabelos, meu irmão Ricardo não se aguentou e teceu seu comentário:

— Está parecendo uma bonequinha de cera com peruca de henê — disse divertidamente. Foi a partir daquela opinião que minha mãe descobriu a existência do henê incolor.

Foi lindíssima a cerimônia de formatura de comissários da Varig no Rio de Janeiro, no ano de 1987. Meus pais estiveram presentes, bem como meus dois irmãos solteiros naquela época. Eu gostaria que todos estivessem lá, porém, a regra era "levar apenas dois acompanhantes". Impossível!

E lá estava eu, descendo a ladeira da rua onde morava, o rosto maquiado, as unhas pintadas, os cabelos impecavelmente arrumados, caminhando em direção à pracinha do Bairro do Mutuá, para tomar a primeira das três conduções necessárias para chegar ao Aeroporto Santos Dumont. De sapato *scarpin* de salto alto, a bolsa pendurada no ombro esquerdo, a mala na mão direita, e, apoiado no antebraço esquerdo, o saco protetor com uma peça de uniforme extra.

O universo está sempre atento.

E assim foi minha luta: sob sol, sob chuva, desci e subi a ladeira da residência de meus pais durante um ano, até eu comprar meu primeiro carro. Foi quando meu desejo havia se realizado.

Não. Ele não era parecido com o que eu brincava na infância, aquele de faz de conta, com uma roda somente.

Porém, algo inimaginável aconteceu antes de eu realizar a aquisição daquele bem móvel. Retornava do Galeão — Aeroporto Internacional Tom Jobim — meu novo lugar de apresentação, cujo trajeto entre o trabalho e a minha casa, daquela vez, obrigava-me a tomar quatro transportes públicos. Após um voo muito cansativo, saltei do último ônibus, na pracinha do bairro, e iniciei minha lenta subida pela Rua Doutor Artur Martins. Meus pesados passos foram interrompidos pela "fulana de tal" — aquela do "você é menino ou menina?"

— Lá no exterior existem cremes bons para as rugas, não? — perguntou-me.

Olhei-a atentamente por intermináveis segundos. "Existem coisas pelas quais não vale a pena voltar ao passado" — pensei.

— Olha, não adianta usar o melhor creme que existe no mercado se o cuidado com a pele não está sendo feito corretamente. É preciso hidratá-la, tomar muita água, usar filtro solar diariamente e procurar ter uma alimentação bem equilibrada. Mesmo porque cada creme é feito para atender ao clima específico de seu país. Por nosso país ser de clima tropical, talvez um produto vindo do exterior possa não oferecer a mesma eficácia. É melhor fazer uso daquele fabricado aqui mesmo: o produto ideal, feito de acordo com o nosso clima e com a nossa água — expliquei.

Após seu agradecimento, retomei minha caminhada.

As voltas que a vida dá no tempo do próprio tempo.

Recebi o maior salário que tive durante toda a minha vida profissional, trabalhando naquela profissão que visualizei naquele sonho premonitório.

Antes de falar sobre os acontecimentos que sobrevieram através daquele emprego, preciso descrever a beleza de um espetáculo apresentado no Theatro Municipal do Rio de Janeiro, no ano de 1986. O preço do ingresso foi a remuneração de um mês inteiro de trabalho. Naquela época, ainda trabalhava como recepcionista.

— Valeu a pena? — perguntaram-me à época.

— Ô se valeu! — respondi.

Foi naquele ano que o Kabuki, o teatro japonês, fez uma temporada de apresentações no Brasil.

Esse tipo de teatro, que mescla o tradicional com a novidade em suas peças realistas, possui três tipos de apresentações: as que retratam momentos históricos, as que falam sobre a vida cotidiana e a vida doméstica, e as peças de dança.

Não sei informar se teria sido sua primeira vinda ao país do samba, carnaval e futebol. Caso eu fosse perguntada, também não saberia dizer o que me motivou a gastar meu salário de um mês inteiro para assistir a uma apresentação composta por três peças: *Kenuki* (A Pinça), *Tachinusubito* (O ladrão de Espadas) e *Ninokuchi-Mura* (A Aldeia *Ninokuchi*), e, ainda por cima, sem entender uma palavra sequer da língua japonesa. Mas também não foi preciso, porque não havia falas naquela peça. "Como assim?" — perguntar-me-iam, espantados, talvez.

A expressão facial e corporal são tão fundamentais que, dependendo da narrativa, não há a necessidade das falas. Os atores realizaram aquelas apresentações com tanta maestria, que qualquer pessoa, não importando seu país de origem, poderia entender a mensagem que estava sendo transmitida naquelas três histórias distintas. É claro que havia um pequeno resumo sobre os textos no programa recebido logo na entrada.

— Mas espera aí! Como assim? — incrédulas, algumas pessoas ainda duvidaram de mim.

Também não pude afirmar, com certeza, se todas as apresentações daquele teatro clássico japonês seriam de fácil compreensão. Mas essa dúvida seria sanada no futuro.

Talvez minha ida ao Theatro Municipal naquele dia, para assistir àquela apresentação memorável, talvez tenha sido a pedido do destino.

Mas isso também seria um assunto no futuro.

Minha adaptação na aviação começou no Aeroporto Santos Dumont, fazendo os voos entre a Cidade Maravilhosa e a capital paulista, num avião comercial de médio porte, o Electra, símbolo daquela ponte aérea. Os passageiros eram habituais, e as viagens eram curtas.

Aquele aeroporto tinha uma das mais maravilhosas paisagens de todos os pousos que eu pude apreciar. Para mim, era a mais linda, com certeza.

Senti-me em casa. Havia nascido para voar: não enjoei, aprendi o serviço sem muita dificuldade e lidei com os momentos de turbulência com total serenidade. Aquela profissão era para mim como o céu é para os pássaros.

Foram três meses em treinamento naquela ponte aérea. Depois, vieram as viagens por todo o território brasileiro. Assim que fui promovida para a rota da América Latina, enviei um cartão-postal da cidade de Buenos Aires para meus ex-futuros colegas daquela famosa joalheria: "Uma recordação de minha primeira viagem internacional".

Quando retornei daquela viagem, não me lembro se telefonei para eles ou se fui pessoalmente à loja. De qualquer forma, senti uma vontade de agradecer novamente.

— Você deixou uma porta sempre aberta aqui — disse-me um dos funcionários, após aquele gesto.

"Venha ser comissário de bordo da Varig! A sua casa, o Brasil. O seu endereço, o Mundo" — essa era a propaganda publicitária, convocando candidatos para participar de seu processo seletivo, nas páginas daquele jornal, cuja leitura fora feita por meu irmão, naquela típica sexta-feira à noite. Uma oferta de emprego para a qual não me considerei à altura.

Finalmente tinha em mãos as chaves de meu primeiro carro. Usado, mas meu. Ô carrinho cheio de mau-olhado! Recebeu tanta batida em sua traseira que cheguei a perder a conta de quantas vezes precisei mandá-lo para uma oficina.

Ah, mas acredito que devem estar pensando que eu não dirigia bem, não estão? Estão perdoados, pois uma de minhas irmãs também chegou a pensar assim. Lembro-me de que fiquei muito chateada com ela. Depois passou. Hoje em dia, nos fins de semana, ela está sempre de carona comigo e costuma dormir feito um anjo durante todo o trajeto.

Dizem que dirigir é fácil. Difícil é dirigir bem. Mas aquele carro tinha alguma coisa esquisita. Dei um basta e resolvi passá-lo adiante após receber mais uma batida. Aquele incidente aconteceu quando eu me encontrava parada no semáforo, aguardando sua luz verde para prosseguir. De repente, ouvi um som seco. Olhei pelo retrovisor e vi o outro veículo que, praticamente, entrara no porta-malas do meu carro.

O motorista infrator alegou que já havia percebido que o pedal do freio estava muito baixo e que, por esse motivo, estaria levando seu veículo para realizar a troca das pastilhas, as quais provavelmente já estariam desgastadas.

— Eu tentei controlar a velocidade utilizando o freio de mão — disse-me, descaradamente.

Meu irmão Ronaldo, meu carona naquele dia, saiu do carro, olhou para o rapaz, olhou para o estrago feito no carro, depois cochichou no meu ouvido:

— Fique com o prejuízo — disse, afagando minha cabeça e entrando no veículo serenamente. Um bom entendedor consegue interpretar até o silêncio. Aquele conselho, vindo de um policial militar, sim, ele era um agente de segurança, jamais deveria ser ignorado.

Ele mesmo cuidou do anúncio da venda: "Vende-se. Ano 1982. Documentação OK. Mulher bonita não paga." Depois ele o refez.

Ronaldo era muito brincalhão.

Eu ainda não estava realizando os voos da rota internacional. Aqueles para Paris, New York, Frankfurt, London, Los Angeles, Lisboa, Roma, Madrid, entre outras cidades. Essa promoção viria somente dois anos após minha contratação.

Bem, eu não tinha noção do quanto era impaciente de fato. Mas Deus tinha.

Então, incentivada por uma amiga:

— Káthia, vamos estudar o idioma japonês para a gente ir mais rápido para os voos internacionais!

Resolvi aceitar o conselho dela, que já tinha em mãos o endereço de um curso onde começaríamos a estudar logo de imediato. Foi difícil resistir àquela tentação, e não querendo esperar por mais tempo, acreditei naquela possibilidade.

Olha o pedido do destino se revelando. Não foi à toa que aquele Kabuki apareceu em minha vida.

Acabei gostando do idioma. No início, eu o achei muito difícil, mas não impossível de aprender. Gostei tanto que acabei me matriculando em um segundo curso, onde aprenderia a escrever aqueles ideogramas japoneses e chineses também. Passei a estudar duas didáticas distintas. Mas foi na instituição onde eu fiz minha segunda matrícula que conheci meu marido. Ah! Agora está explicado. Ô destino danado!

Ele é nissei — a segunda geração de filhos de japoneses nascidos fora do Japão. Quando eu o conheci, além de militar, era professor de língua japonesa. "Olha que coisa boa!", pensei comigo. Resolvi levá-lo para casa. Aprenderia muito mais rápido, pois teria aulas particulares. Aquele namoro resultou em casamento. Só não deu certo a continuidade nos estudos com ele, especificamente.

Como diz aquele ditado popular: "Em casa de ferreiro, o espeto é de pau".

Mas ainda assim, consegui ficar em sexto lugar no meu primeiro concurso de oratória, cujo tema da redação foi "Watashi no mi no ue banashi" (A história de minha vida).

E, em minha primeira tentativa, conquistei minha aprovação no Exame de Proficiência na Língua Japonesa, Nível 4.

RETRATOS DO TEMPO

CAPÍTULO IV

– Do Amadurecimento –

KABUKI - O teatro japonês

Minha filha nasceu em 1990. Um ano após meu casamento. Depois daquela data, passei a ter menos tempo para me dedicar aos estudos. Eu precisei ser muito persistente e determinada para conseguir conciliar minhas novas obrigações, sem negligenciar as antigas. Apesar de toda a dificuldade inicial, obtive mais uma conquista no estudo daquele idioma oriental.

No início foi muito complicado, confesso. Entretanto, durante aquele processo de amadurecimento, percebi que ainda era possível continuar estudando. Tanto que, após ter dado à luz, realizei minha inscrição no concurso de oratória do ano subsequente, encerrando assim mais um ano letivo, ficando em segundo lugar naquele certame. O tema daquela vez foi: "Watashi no mi no ue banashi 2"(A história de minha vida 2).

Afinal, eu tinha uma novidade para contar: minha filha tinha nascido.

Posso afirmar, com certeza, que os anos vividos naquela profissão do ar foram memoráveis. Sempre que era possível, levava minha família para viajar. E quando os momentos não eram favoráveis, procurava trazer das viagens todas as novidades e os lançamentos.

A desculpa que sempre me dava a cada nova compra realizada era: preciso levar um pouco do mundo para meus familiares.

Foi um tempo de consumo desenfreado do qual somente me libertaria após um novo e longo processo de amadurecimento.

Eu sempre fui a favor de manter vivas nossas culturas ancestrais.

Partindo desse princípio, decidi levar minha filha para conhecer uma das peças do gênero Kabuki no Teatro Kabuki-za, o principal teatro no distrito de Ginza, em Tóquio.

Mas antes de falar sobre essa experiência, lembrei-me do Beto Carrero, o idealizador do parque temático Beto Carrero World. Eu tive uma única oportunidade de tê-lo a bordo. Ele era uma pessoa muito simpática e dono de um sorriso cativante. Aproximei-me daquele homem e pedi que autografasse na foto de minha filha. Antes de me devolvê-la, perguntou:

— Ela é descendente de japoneses?

— Sim — respondi. — O pai dela é nissei, a segunda geração; ela é sansei, a terceira geração, e os filhos dela eu não sei — brincando, respondi com aquele trocadilho. Lembro-me de tê-lo feito rir muito.

Antes que aquele voo chegasse ao seu destino, ele me deu um papel, no qual, de próprio punho, escreveu naquele documento informal que eu tinha direito a três ingressos para entrada no Beto Carrero World.

— Leva ela lá no meu parque! — reiterou seu desejo, antes de deixar a aeronave.

Então, de volta ao Teatro Kabuki-za, optei por uma apresentação cênica de menor duração. Percebi que aquela peça teatral foi muito diferente daquelas que assisti no Brasil. Ter algum conhecimento da língua não era garantia de compreensão daquela narrativa, pois estava sendo falada em japonês antigo.

— Mas que perda de tempo! — diriam alguns.

Não. Muito pelo contrário. Aquela experiência foi impagável. Tudo era de uma beleza excepcional, em que cada detalhe era fundamental: o cenário, as roupas, as pinturas feitas na face, as máscaras, as perucas, o canto, a dança, os gestos dos atores, ora delicados, ora exagerados. Toda aquela dramaticidade conseguia nos transportar para dentro daquela história, mesmo não entendendo uma única palavra do idioma.

Nesse momento em que me recordo dessa passagem em minha vida, faço uma pausa entre essas últimas palavras escritas e as próximas, para fechar meus olhos e ouvir com o coração o canto e o som dos instrumentos musicais vindos de um palco imaginário dentro das minhas emoções.

Ao som da flauta, do shamisen e dos tambores tradicionais do Japão, despeço-me de mais uma recordação do passado.

Finalmente comprei meu primeiro carro 0 km. Encontrava-me em pé no ponto de ônibus, aguardando por uma condução, com o objetivo de ir à concessionária pegar meu carro novo, quando vi um rapaz cujo rosto me remeteu ao passado.

— "Fulano", tudo bem? — perguntei com entusiasmo. — Como está sua irmã, "Fulana de tal"? — curiosa, indaguei novamente.

— Tudo bem. Ela estuda na Faculdade... e eu na faculdade... E você?

— Eu sou comissária de bordo da Varig — respondi com orgulho.

— Sério? Voos nacionais ou internacionais?

— Internacionais, apenas.

Nas voltas da vida.

Havia sido ele que, duvidando de minha capacidade, arrancou-me das mãos a prova de matemática. Sua irmã fazia parte da mesma turma naquela época. Juntamente com outras crianças, encolheram seus ombros, desdenhando de mim. "Teve sorte" — pensaram, talvez.

Mas éramos crianças imaturas. É preciso levar isso em consideração.

Despedi-me, tomei o ônibus e nunca mais o vi.

Ah, como agradeci a Deus por aquela oportunidade maravilhosa! Lógico que nem tudo na aviação eram flores. Acredito que não há um único comissário de bordo que não tenha passado por uma ou várias emergências e por inúmeros momentos inusitados também.

Houve um episódio em que eu parei o metrô na Cidade Luz. Sim. Eu, literalmente, parei o metrô em Paris.

Bem, tudo começou por causa de uma distensão muscular. O médico me garantiu que eu estaria apta a fazer aquele voo. Bastava que eu tomasse os remédios recomendados por ele, respeitando suas orientações na prescrição médica.

Tudo bem, então. Embarquei no meu primeiro voo para Paris, feliz da vida. Conheceria o Museu do Louvre, a Mona Lisa de Leonardo da Vinci, a Catedral de Notre-Dame, a Torre Eiffel, o Arco do Triunfo, a Basílica de Sacré Coeur, caminharia pela famosa Avenida Champs-Élysées, e finalmente a tão comentada, no meu livro didático "Bienvenue en France", Praça da Concórdia.

Eu atendia à primeira classe do avião. Naquela época, o novo serviço de bordo adotado pela empresa não era muito prático. A todo momento estávamos em contato com os clientes. As caminhadas em direção aos assentos dos passageiros para levar os novos talheres, uma bebida ou recolher o que quer que fosse, obrigavam-me a inclinar o tronco, num movimento que me causava uma forte dor na região lombar. Tinha a sensação de que cairia em cima de alguém a qualquer momento.

Apesar de todas as dores e de todos os contratempos a bordo, o voo, enfim, chegou ao seu destino.

Et Voilà Paris! (Aí está Paris!)

Minha amiga e eu decidimos descansar um pouco da viagem. Marcamos um horário para nos encontrarmos na recepção do hotel, antes de partimos para conhecer os famosos pontos turísticos.

Devido àquela dor inconveniente, sabíamos que não conseguiríamos cumprir o planejado para aquele primeiro dia em Paris.

Aquela dor desgraçada, sempre pinçando meu músculo, fez com que a caminhada até a estação de metrô mais próxima parecesse durar uma eternidade. Quando ainda nos encontrávamos no meio do caminho, quase como uma providência divina, ela me apresentou ao maravilhoso "Paul Boulangerie et Patisserie."

— Enchanté! (Muito prazer!) — disse, antes de deixar aquele estabelecimento, segurando nas mãos uma baguete francesa com queijo Brie.

Já estávamos dentro de um dos vagões do metrô, quando, logo após o fechamento das portas, sentimos um movimento brusco. Aquele deslocamento inesperado e abrupto causou a reabertura da porta naquela composição, acarretando o desequilíbrio das pessoas que estavam em pé, fazendo com que elas caíssem em cima dos passageiros que estavam sentados.

Quanto a mim, restou-me apoiar naquela porta durante seu movimento de abertura. O inevitável aconteceu: minha mão esquerda ficou presa dentro dela. Graças à rapidez de uma cidadã francesa, que, ao perceber aquela situação, apertou o botão de emergência, impedindo que aquele transporte seguisse viagem, após mais um fechamento de portas.

De repente, apareceram muitas pessoas: agentes de segurança, alguns funcionários locais, passageiros que embarcariam e o condutor, irritadíssimo, querendo saber quem havia causado a interrupção daquela viagem. Mesmo após o fato ter sido explicado a ele, incompreensível, virou-se para mim e disse que eu deveria prestar esclarecimentos junto à polícia.

Pois bem, saímos dali às pressas e entramos no primeiro hotel ao longo do caminho, onde nós, tripulantes, costumávamos nos hospedar em outras ocasiões.

Pedimos um pouco de gelo ao barman. Foi nesse momento que eu me dei conta de que a baguete francesa ainda permanecia intacta em minha mão direita.

— Káthia, por que você não largou a baguete? — perguntou-me, surpresa, minha amiga.

— Está louca? Jamais abriria mão dessa delícia. E já que estou aqui... *Monsieur, une biere s'il vous plaît*! (Senhor, uma cerveja, por favor!)

Minha primeira visita a Portugal me fez relembrar dois fatos ocorridos na minha infância.

Eu não gostava de ovo com a gema mole. Ele tinha que ser esturricado. Vovó Amanda, minha avó paterna, havia me levado para conhecer a casa onde trabalhava como cozinheira, no bairro da Urca. Aquela propriedade pertencia a uma pessoa, parente em terceiro grau de um dos chefes de estado do meu Brasil brasileiro, há muitos anos antes de eu nascer.

Eu amei os azulejos que tinha em um dos ambientes daquela residência! No futuro, eu os conheci como azulejos portugueses. Aquela minha inspiração de criança, de dar vida aos azulejos, veio deles.

Durante aquela visita, lembro-me de estar sentada à mesa da cozinha e, ao meu redor, bajulando-me, estavam minha avó e demais empregados da casa.

Assim que o prato fora colocado à minha frente, fiz uma cara feia ao ver aquela gema quente e espaçosa tomando o espaço do arroz, do feijão e das outras guarnições das quais não me recordo mais.

— O que foi? — perguntou-me ela.

— Não gosto de ovo com a gema mole...

— Ah, mas aqui você vai ter que comer.

Nada como o tempo que faz e desfaz tudo, inclusive, paladares.

Eu tinha uma amiga que fora estudar em Lisboa. Ela havia alugado um quarto na casa de uma família portuguesa e sempre que precisava de algo do Brasil, eu levava para ela.

Eu havia chegado naquela cidade no dia anterior e, na manhã seguinte, todos me aguardavam para o "pequeno-almoço". O bate-papo acontecia sempre na cozinha. Sem eu perceber, a mesa, cuidadosamente preparada, transformava-se completamente a cada nova refeição. Do pão com geleia para o pernil, deste para o bitoque, terminando o dia com um delicioso bacalhau com natas.

O bitoque foi muito mais que um petisco para mim. Ele mexeu com minhas informações gustativas. No Brasil, não gostava de ovo cru, porém, em Portugal, eu amei! Eu me lembro que desejei muito trazer aqueles ovos para que minha mãe experimentasse também, mas era proibido. De volta ao meu país, fiz mais uma tentativa, porém sem sucesso.

Hoje eu entendo por que preferimos nos reunir sempre na cozinha, o coração da casa. Afinal, somos descendentes de portugueses por parte de mãe: Florisbela Alves, Emília Alves Menezes, Marietta Alves Menezes, minhas trisavó, bisavó e avó.

Por parte de pai, minha avó Amanda, cujos pais — Roque Severino da Silva e Ambrosina Maria de Jesus — morreram na pandemia de gripe espanhola, foi adotada. Seu nome no registro: apenas Amanda da Silva. Não se sabe os nomes de seus avós, o que dificulta as pesquisas na busca por seus ascendentes.

Tudo mudou em 2006. Foi nesse ano em que perdi Ricardo, meu segundo irmão. Ele foi mais uma vítima da violência urbana da cidade do Rio de Janeiro. E, nesse mesmo ano, a Varig faliu. Com isso, fiquei desempregada aos quarenta anos de idade e sem possuir o ensino superior. Na bagagem, somente o conhecimento de alguns idiomas estrangeiros.

Entrei em depressão e nela fiquei por alguns anos. Não conseguia enxergar uma saída para mim. Consideravam-me velha para o mercado de trabalho e, sem uma formação universitária, as oportunidades tornavam-se cada vez mais difíceis.

Encontrava-me num delicado estado depressivo, do qual jamais acreditei sair algum dia. Além disso, julgava-me incapaz de conseguir um novo emprego. E foi quando criei coragem para pedir ajuda psicológica a um grande amigo, que hoje se encontra em outro plano espiritual.

Tudo que consegui dizer ao telefone foi:

— Estou com muita vontade de morrer.

— Venha do jeito que estiver ao meu consultório. Venha de táxi! Caso não tenha dinheiro, eu o pagarei quando chegar. Mas venha agora! Estou te aguardando — ordenou-me ele.

Naquele encontro, apenas chorei. Após as muitas lágrimas, que umedeciam o ambiente, ao mesmo tempo em que quebravam o seu silêncio, ele se virou para mim e disse:

— Tome esse remédio floral, tome sol diariamente e escreva tudo o que conseguir lembrar de seus sonhos. Mesmo que seja uma única palavra, anote e traga para mim — recomendou-me.

Despediu-se de mim, dizendo que me aguardava na semana seguinte.

Sempre fui uma pessoa obediente. E lá estava eu, daquela vez, não no consultório de frente para a linda paisagem da Praia de Botafogo, mas em seu apartamento com vista para aquela belíssima praia cujo nome deu fama a Helô Pinheiro, A Garota de Ipanema, musa inspiradora de Tom Jobim e Vinícius de Moraes.

Logo após a abertura da porta, e antes que eu adentrasse em seu apartamento, abraçou-me demoradamente. Foi um enlace de acolhimento, de troca de energias e de reabertura da minha porta da esperança. Aquela que havia sido fechada à revelia.

Timidamente, sentei-me no grande sofá à sua frente. Olhei para a varanda e vi dois passarinhos se deliciando com as frutas deixadas propositalmente em cima da mesa. Luiz Viegas de Carvalho — Professor Viegas — como era conhecido, ficou me olhando pensativo. Depois de um longo tempo, arregalou os olhos e abriu um sorriso de quem talvez quisesse dizer: "Sua boba! A casa de Deus é muito grande. Não há nenhuma porta que se feche sem Seu consentimento. Ainda existem infinitas portas e janelas para serem abertas".

Tirei o caderno da bolsa, levantei-me e entreguei a ele. Após folhear as primeiras páginas, ele disse:

— O que é isso?

— O senhor não pediu que eu anotasse qualquer coisa que lembrasse dos sonhos?

— Muitos livros e filmes surgem dos sonhos — disse, após olhar novamente meus registros.

Meu segundo contato com a literatura iniciou-se a partir daquela segunda consulta.

Aquela velha nova experiência ressurgiu (ou surgiu) das anotações feitas a partir das recordações trazidas de cada sonho e das rimas de meus primeiros poemas.

Comecei a escrever por recomendação médica. Nenhum outro medicamento conseguiu ser mais eficaz que a escrita. Ela me salvou.

Eu escrevi durante todo o período em que frequentei seu apartamento-consultório. Eu escrevia sobre minhas mágoas, meus arrependimentos, o amor, a natureza, a saudade da infância, meus questionamentos a Deus, entre muitos outros assuntos.

Estava entrando numa nova fase de minha vida.

Minha irmã Rosângela incentivou-me a estudar para concursos públicos. Sem me consultar, fez minha inscrição em um certame qualquer.

— Mas eu nem conheço o conteúdo, como posso fazer a prova? — perguntei a ela.

— Simplesmente faça o exame observando o nível das questões. Depois me diga o que achou — respondeu, calmamente.

— Sim. É possível passar — disse a ela após ter realizado aquela prova.

Entusiasmada com aquela possibilidade, pedi ajuda à minha outra irmã:

— Você poderia pagar um curso preparatório para concursos públicos para mim?

Assim, em 2009, começou minha vida de concurseira.

Estudava o dia inteiro: seja no cursinho, seja em casa. Tão logo meu esposo deixava a residência em direção ao trabalho, eu montava a tábua de passar roupas e sobre ela apoiava meu caderno, enquanto os livros e as apostilas ficavam espalhados ao meu redor sobre a cama.

Voltar a estudar foi a melhor decisão tomada em minha vida. Sentar-me novamente em uma das cadeiras de uma sala de aula transportou-me ao passado, uma viagem na qual a velha e a nova experiência se encontraram.

Feliz da vida, olhei para o lado e quase podia jurar que ouvi uma voz infantil: "Você me promete que irá até o final dessa vez?"

Eu me inscrevi para muitos concursos. Estava adorando aquele retorno aos estudos. Entretanto, cometi um grande erro: eu não tinha o hábito de acompanhar a lista de chamada dos aprovados nos certames. Quando tomei ciência de que havia perdido a chamada para tomar posse em um cargo administrativo, desmoronei. Assim que cheguei em casa, fui checar todos os concursos anteriores.

Infelizmente, eu havia perdido alguns. Chorei copiosamente.

E novamente entrei em depressão. Ela estava de volta: mais amarga e oportunista, minha velha conhecida inimiga.

Tentei me animar, dizendo para mim mesma que eu tinha capacidade de ser aprovada novamente. Mesmo que eu não quisesse admitir, a partir daquele relapso, eu praticamente já havia desistido de continuar estudando para concursos.

Vida que segue.

"A vida começa aos 40" — disse o psicólogo norte-americano Walter Pitkin. Se bem que, naquela época, a expectativa de vida era bem menor.

Eu prefiro dizer que os momentos de felicidade, aqueles que gostaríamos que durassem mais tempo, podem começar aos 40.

Pois é quando o indivíduo já amadureceu. É quando ele consegue reconhecer, quase em tempo real, seu erro. É quando ele aprendeu a fazer concessões. É quando ele entendeu a importância de perdoar. É quando ele não se sente inferior ao pedir desculpas. É quando ele se dá conta de que o ego pode destruir relacionamentos e amizades. É quando ele aprendeu que o silêncio preserva a paz interior, entre outras coisas.

Os meus intermitentes momentos de felicidade começaram praticamente aos quarenta. A prática de um novo esporte, o surfe, foi um deles. Passei, inclusive, pela experiência de ser engolida por uma onda gigante.

— Na praia da Barra da Tijuca?! — Espantados, perguntaram-me naquela época.

— Bem, pelo menos era maior que eu — justifiquei.

No interior daquele turbilhão, eu me senti como uma roupa dentro de uma máquina de lavar. Aquela água salgada lavou-me o corpo, a mente e a alma. Durante aquela experiência, boa e ruim ao mesmo tempo, eu tive a sensação de conexão com o "Todo".

Tão logo consegui subir novamente na prancha, durante seu deslizar na onda, eu ouvi um som Divino. Era como se a natureza estivesse assobiando.

O surfe me fora apresentado por minha filha. Da areia, ficava observando o desempenho dela e de outros alunos iniciantes.

Num belo dia, seu professor convidou-me para fazer uma aula experimental. Não sei se foi sorte, porém, segui as instruções dele, remei forte, subi na prancha e desci a primeira onda da minha vida.

Após alguns anos, enquanto regava as plantas, pensei nas ironias da vida. Antes de eu entrar no mercado de trabalho, aos dezessete anos, a minha situação era a seguinte: tinha tempo, mas não tinha base para passar para uma universidade pública e tampouco dinheiro para pagar uma instituição privada. Passei a ter dinheiro, porém não tinha disponibilidade de tempo para cursar o ensino superior. Fiquei desempregada. Voltei a ter tempo, mas não tinha dinheiro.

Fui um pouquinho mais além no passado, no qual houve momentos em que eu, deveras insatisfeita, desejei ter tido um pai muito rico. Assim, eu poderia ter gozado a vida fazendo somente as coisas de que mais gostava: praticar esporte e estudar, sem me preocupar em ter que entrar no mercado de trabalho logo após a conclusão do segundo grau.

No minuto seguinte, a voz da minha consciência despertou-me com um doloroso beliscão na alma. "Olhe para você e diga a si mesma: o que tem feito ultimamente?"

Espantada com aquela indescritível comunicação, voltei a refletir sobre o assunto. Naquele período, eu praticava capoeira, tinha aulas de surfe, nadava, praticava *bike indoor* e ainda estudava para concursos públicos, entretanto, não com o mesmo comprometimento do início. E cuidava do lar.

Somos partes do universo, ou melhor, nós somos o universo.

Passados alguns meses, um sério problema nos joelhos me manteve afastada das práticas esportivas. Entristeci-me. Entretanto, não permiti que evoluísse para um novo quadro de depressão. Apenas aceitei e reconheci que precisava passar por um novo processo de amadurecimento pessoal.

E foi quando desejei, desesperadamente, retornar ao mercado de trabalho.

— Você já pode retornar às suas atividades esportivas, porém, moderadamente e sem muito esforço no início — disse-me o médico ortopedista, após um ano.

Coincidentemente ou não, naquela mesma semana, recebi um telegrama. Estava sendo convocada para dar continuidade às etapas de um concurso público do qual eu nem me lembrava mais.

Às vezes, a porta recém-fechada pode ser uma oportunidade para trilhar novos caminhos.

Hoje sou servidora pública.

Passei naquele teste de capacidade física que foi realizado duas semanas após a liberação médica.

Aos quarenta e sete anos de idade, tomei posse no meu cargo público.

Não apresse o correr do rio. As coisas acontecem quando elas têm de acontecer.

E por falar em coisas, dizem que algumas somente podem ser aprendidas durante a infância. Por exemplo: tocar piano e aprender o balé clássico.

Enquanto há vida, há possibilidades.

No caso do balé, talvez seja possível aprender os movimentos iniciais, aqueles aparentemente simples, como, por exemplo, *pas de valse, chassé, piqué, promenade*. Porém, sonhar em fazer "o voo da bailarina" poderá ser muito frustrante.

Em relação às danças de salão, acredito que não haveria muitas restrições. Tristeza, melancolia, dramaticidade, agressividade e paixão. O tango é tudo isso e muito mais. Esse gênero de dança também fez parte de meus momentos de felicidade. Esse estilo de dança me foi apresentado por minha filha também.

Encantada com a aula, prestava atenção em cada detalhe. Da cadeira, apreciava os movimentos de pernas durante a elaboração dos passos de floreios, bem como os sapatos, cada um mais deslumbrante que o outro. O professor, percebendo minha total atenção àquele entra e sai de pernas, convidou-me para participar. A princípio, fiquei entusiasmada com aquela possibilidade, depois encarei meu par de tênis e, sem graça, olhei para ele.

— Não tem problema. Pode praticar assim mesmo — reiterou.

Devo admitir que, durante os movimentos do "passo ao lado", "passo em frente" e "passo atrás", o som oriundo do deslizar do meu calçado no piso daquela sala de dança, diferentemente do surfe, não me fez sentir parte do todo.

Extremamente simpático e dono de um belo sorriso, Luciano Bastos convenceu-me a fazer parte de sua turma de iniciantes.

Em sua antiga sala de dança, hoje Tangueria Luciano Bastos, dei início à minha caminhada no tango partindo do "Abraço". No ano subsequente, ele, eu e seus alunos partimos para Buenos Aires em busca das melhores milongas, tornando inesquecível esse momento em minha vida.

Continuo afirmando que os melhores momentos de felicidade podem começar, sim, a partir dos 40. Mas foi somente após os cinquenta anos que o estudo de teoria musical entrou em minha vida através das aulas de piano.

É claro que jamais criaria qualquer expectativa de me apresentar no Theatro Municipal do Rio de Janeiro, por exemplo.

Tudo começou quando minha filha decidiu comprar um piano na intenção de aprender a tocá-lo. Embora tenha optado por aulas particulares, foi muito difícil para ela conciliar o exercício da profissão com as aulas práticas e de teoria musical.

Todos os dias, eu me compadecia por aquele divino instrumento, solitário, no meio da sala. Sua boca ficava sempre cerrada, feito a minha na infância. Todas as vezes em que eu levantava a tampa do teclado, ele me dava um sorriso de 7 oitavas.

O desejar, quando verdadeiro, torna tudo possível.

No trânsito, durante um congestionamento, o anúncio no vidro traseiro de um transporte público despertou minha atenção. Ele informava que as inscrições para a Escola de Música Villa-Lobos encontravam-se abertas. Ao chegar em casa, comentei com minha filha.

— Vai lá estudar e depois me ensina! — ela incentivou-me.

Sempre muito obediente, lá fui eu fazer minha inscrição. No meu primeiro dia de aula, a professora apenas me entrevistou; talvez estivesse muito curiosa em saber o que havia me motivado a tomar aquela decisão. Afinal, eu já tinha passado de meio século de vida. Expliquei a ela minhas razões e todas foram consideradas plausíveis. Ainda curiosa, fez uma última pergunta: "O que você sabe sobre a música?"

— Dó, Ré, Mi, Fá, Sol, Lá, Si, Dó — respondi, retornando ao ponto de partida.

— Bem... já é um começo — alegou, educadamente, controlando um riso, talvez.

As aulas no Villa-Lobos eram à noite. Eu vivia sempre muito cansada e sem tempo para fazer, previamente, a leitura das partituras. Então, tive a brilhante ideia de colocar uma cola em cima das notas musicais. Nunca fui boa em colar. Nem em meus áureos tempos de escola.

Durante um exercício prático, Marcilda me interrompe e pergunta qual havia sido a última nota tocada.

— Fá — respondi.

— Qual nota? — indagou-me novamente.

— Fá — respondi confiante.

Ela se levantou e veio verificar minha partitura, descobrindo, assim, minha artimanha.

— Apague! Apague tudo! Não quero que escreva os nomes das notas musicais na partitura.

Marcilda Clis foi minha professora naquela renomada escola de música.

Ultimamente, tenho feito aulas com sua irmã Ivanilda Schulz, em sua residência. Ambas são maravilhosas pianistas.

Ivanilda Schulz permitiu que eu continuasse meu processo de alfabetização na música no meu tempo, sem pressa; porém, quando ela percebe que estou procrastinando, escolhe as partituras recheadas de semicolcheias.

É claro que jamais tocarei uma sinfonia inteira de Ludwig van Beethoven, porém, já me dei por satisfeita por ter conseguido tocar uma das partes de Ode To Joy (Hino à Alegria), poema escrito por Friedrich Schiller, em 1785 e tocado no quarto movimento da Nona Sinfonia desse maravilhoso pianista, regente e compositor germânico.

Momentos de aflição sempre ocorreram em minha vida: sejam a mais de quarenta e um mil pés de altitude, sejam estando ao nível do mar.

Sem meu consentimento, meus joelhos decidiram voltar a reclamar da vida. Após uma longa dispensa médica, eu retornei ao serviço público. Fiquei maravilhada ao saber que o elevador voltara a funcionar.

Eu sabia que ele já começara a apresentar sinais de senilidade, ainda que fosse novo, mesmo assim, atrasada, corri em direção a ele. Se seu problema seria grave ou não, eu não sei. Torcia para que não fosse. Imaginem meu drama interior, estando dentro da cabine daquele ascensor! Ele com seus motivos interpessoais e eu com meus motivos pessoais. Algo insano rondou minha mente: "E se ele estiver pensando em suicidar-se? Despencar-se, à revelia, pela caixa de corrida do elevador, do terceiro ao andar térreo?" — indaguei-me dentro daquela cabine. "A queda não seria muito alta. Além disso, no poço se encontram os amortecedores. Decerto, eu teria alguma sorte ao final" — pensei.

Teimosa, talvez nos últimos minutos de vida, com meus dedos cruzados, insisti em permanecer dentro dele, aguardando pelo fechamento da porta após sua sexta tentativa. Se eu teria uma sétima oportunidade de sair ilesa daquela situação, um pouco diferente daquela em que fui engolida por uma onda gigante... sinceramente, não sei.

Nem uma bola de cristal e tampouco as cartas de um baralho cigano me diriam com certeza.

Finalmente as portas se fecharam e ele iniciou seu movimento de descida. E foi quando parou de repente entre dois andares. Eu, literalmente, entrei em pânico após um forte solavanco seguido de um barulho ensurdecedor.

Queria livrar-me daquele pesadelo. Delirei, tive fé e perdi a fé.

Ele recomeçou seu movimento de descida, porém, sobreveio um ruído ainda mais grave.

— Devo fazer uma oração? Qual delas? — perguntei-me.

— Não sei... — respondi a mim mesma. — Não sei "qual" ou não sei "se" devo fazer? — Voltei a me indagar, brigando comigo mesma logo em seguida.

— Pare com isso! — ordenei-me, impaciente. — Não seja tola! Talvez seja: "não sei... se lembro alguma prece de cor", mas também pode ser "não sei... se terei muito tempo para isso..."

— Creio em Deus Pai, Todo-Poderoso, que estais nos céus, rogai por nós, pecadores, agora e na hora de nossa morte. Amém!

— Amém!

— Quem disse esse último "Amém", puro e tão somente? — Quis saber.

— Você mesma — respondi.

Passado o susto, ainda consegui registrar no relógio de ponto minha entrada no trabalho a tempo.

Em um belo dia, recebi um convite inusitado.

Alguém me convidando para fazer parte de dois grupos distintos: "Divulgue aqui seu talento" e "Confraria dos Artistas Absurdos".

Esse alguém se chama Will Tom, meu multifacetado primo. Não vou mentir que ri muito com aqueles convites. Confesso.

"Mas não tenho talento nenhum!" — pensei comigo. Ainda assim, enviei uma mensagem de agradecimento a ele.

Muitos dias haviam se passado desde aquela solicitação. Tomada por uma grande curiosidade, fui bisbilhotar as páginas daqueles grupos nas redes sociais. Eu vi que as pessoas postavam de tudo: fotos de seus trabalhos manuais feitos em cerâmicas, em tricô, também havia trabalhos em bordados variados, em telas de pintura a óleo, bem como vídeos nos quais os artistas se apresentavam cantando ou tocando algum instrumento musical, e diversas chamadas para apresentações teatrais, entre outras atividades.

Eu ainda não tinha me identificado com nada, até me deparar com um lindo poema.

Logo me lembrei de meu caderno de anotações, aquele que eu levava para minhas consultas durante aquele período sombrio em minha vida, quando pensava na morte como saída.

Perguntei ao meu primo se eu poderia compartilhar um poema.

— Mas é claro que pode! Aqueles grupos foram criados para isso — respondeu-me.

— Enviarei primeiramente para você. Caso goste, publicarei; do contrário, não — receosa, disse a ele.

— Káthia, que coisa linda! — respondeu-me.

— Ah, mas você é meu primo. Você me ama e não vai dizer que é ruim. Tenho outros, gostaria de ler também? — ofereci.

— Quero ler tudo o que você escreve.

Will Tom foi um grande incentivador e me convenceu de que meus textos poderiam ajudar outras pessoas. E, motivada por ele, acabei escrevendo um livro de poemas.

Esse grande desafio deu início à minha terceira fase na literatura. Sob o título "Exúvia" — meu primeiro livro de poemas foi publicado em 2020, porém, devido à covid-19, seu lançamento presencial, previsto para 2021, foi adiado. E tão somente após muitas participações em certames literários.

Depois veio a fase do medo e da insegurança.

Eu havia perdido o hábito da leitura quando terminei o segundo grau, o ensino médio, como é chamado atualmente. Durante muito tempo, eu me contentei apenas com os estudos de idiomas estrangeiros. Também não posso deixar de mencionar o fato de que eu não havia sido apresentada aos textos dos grandes autores nacionais e internacionais na época em que deveria ter sido.

Por causa disso, não consegui acreditar em mim mesma. Afinal, eu tinha quase nenhum conhecimento literário.

As poucas leituras extracurriculares exigidas no primeiro grau, um e outro livros lidos por influência de minha mãe, contribuíram de maneira positiva, afastando-me do fantasma negativo da falta total de conhecimento.

Em 26 de outubro de 1979, sob o título "Meu Quintal", escrevi um texto cujo estilo literário jamais saberia dizer naquela época. Hoje, sem dúvidas, afirmo que é uma crônica.

"Oi... Hoje estou para falar sobre um outro assunto", assim se iniciava a primeira frase daquele escrito.

Pois bem, de acordo com esse início, eu posso acreditar que, pelo menos, um outro artigo eu já havia escrito anteriormente. E, ao final da obra, assino com o pseudônimo "Uma amiga", seguido por um agradecimento: "Muito obrigada pela atenção".

Caso eu pudesse conversar com a literatura, diria a ela: "Muito prazer em te conhecer!"

Antes de eu interromper a entrada de novas palavras nessa história, informo que meu primeiro romance, "O Miolo", será publicado até o final do ano de 2022.

Pode parecer um passo gigante, não é mesmo?

Agradeço ao senhor, Meu Deus, pela família à qual pertenço, pela família que constituí, pelas pessoas que colocaste estrategicamente no meu caminho, bem como por todas as lágrimas, por todos os sorrisos e por todo sofrimento também.

E quanto àquelas meninas que me chamaram de feia na saída do elevador... tampouco estou preocupada com elas.

Cresci, amadureci e renovei minha fé.

A proposta deste texto lembrou-me Yukio Mishima, um novelista e dramaturgo japonês, autor do filme "Mishima – uma vida em quatro capítulos" — um relato ficcional da vida do referido autor.

Dito tudo isso, neste momento, pausarei estas singelas linhas que abordam algumas das partes mais significantes da história de minha vida.

Pois não sou ninguém para tentar prever meu futuro.